Ruth T Mendes

L'INVENTION DE LA MORT

DU MÊME AUTEUR

PROCHAIN ÉPISODE, roman, CLF Pierre Tisseyre, 1965

TROU DE MÉMOIRE, roman, CLF Pierre Tisseyre, 1968

L'ANTIPHONAIRE, roman, CLF Pierre Tisseyre, 1969

POINT DE FUITE, essai, CLF Pierre Tisseyre, 1971

NEIGE NOIRE, roman, La Presse, 1974 ;
  CLF Pierre Tisseyre, 1978

BLOCS ERRATIQUES, textes (1948-1977) rassemblés et
  présentés par René Lapierre, Quinze, 1977

Hubert Aquin

L'INVENTION DE LA MORT

roman

LEMÉAC

DONNÉES DE CATALOGAGE AVANT PUBLICATION (CANADA)

Aquin, Hubert, 1929-1977

L'invention de la mort

(Roman)

ISBN 2-7609-3143-9

I. Titre.

PS8501.Q85I48 1991   C843' .54   C91-096637-0
PS9501.Q85I48 1991
PQ3919.2.A68I48 1991

———————

Maquette de la couverture : Claude Lafrance

© Copyright Ottawa 1991 par Leméac Éditeur Inc.
1124 rue Marie-Anne Est, Montréal, Qc H2J 2B7
Dépôt légal — Bibliothèque nationale du Québec, 3ᵉ trimestre

Imprimé au Canada

Premier crayon

1959 : Hubert Aquin a trente ans. Détenteur d'une licence de philosophie, il a également étudié à Paris en sciences politiques et s'est déjà fait connaître par des nouvelles et des essais dans les Cahiers d'Arlequin *(1947)*, le Quartier latin *(1948-1951)*, *journal des étudiants de l'Université de Montréal*, le Haut-parleur *(1950-1951)*, *par des critiques de livres et des entretiens avec des écrivains dans* l'Autorité *(1953-1954) et* Vrai *(1956-1957).* *Deux dramatiques*, la Toile d'araignée *(1954) et le* Choix des armes *(1959), ont été réalisées à Radio-Canada où il travaillait depuis 1954 aux côtés de Louis-Georges Carrier, l'ami de toujours, et qu'il quitte en novembre 1959 pour passer à l'Office national du film.*

En ces activités diverses, Aquin cherche encore sa voie, comme en témoigne le Journal *inédit qu'il tient, de manière intermittente, à compter de 1948. La question de l'invention romanesque demeure présente à l'horizon de toutes les réflexions sur lui-même, quête permanente d'un lieu où s'affirmerait sa personnalité littéraire. En 1952, il compose un premier récit*, les Rédempteurs *(publié dans les* Écrits du Canada français, *V, 1959, p. 45-114) qui, inversant la fable biblique de la création et le mythe du salut, devient méditation sur le temps humain et la mort. Aquin désavouera plus tard ce texte, « péché de jeunesse » (à Louis Portugais, 3 juin 1955) où pourtant le lyrisme et le style réussissent la transposition fictionnelle des hantises qui déjà lui sont propres.*

Tout autre se présente l'Invention de la mort *qu'Aquin compose dans une période où le journal, à notre connaissance,*

7

s'interrompt ; ce texte signe à ses yeux l'entrée décisive dans une création authentiquement romanesque : « J'ai réussi une œuvre, mon roman : ses qualités mêmes, l'excès et l'obsession, paraissent aux autres des défauts. » (26 juillet 1961), au point même qu'il envisagera, ce qui n'est pas dans ses habitudes d'écriture, de le reprendre et de le retravailler ; « Ne pas laisser tomber l'Invention de la mort, reprendre cela écrit à deux voix. » (12 août 1962).

Soumis à Pierre Tisseyre (Cercle du Livre de France) qui publiera Prochain épisode en 1965, le manuscrit est refusé, pour des raisons sans doute plus morales que littéraires ; le caractère manifestement, voire agressivement provocateur était de nature à choquer le public de l'époque et à inspirer bien des réticences dont un éditeur éventuel ne pouvait pas ne pas tenir compte. Il reste qu'au regard d'un lecteur d'aujourd'hui et pour qui connaît le journal, ce texte n'est pas sans ambiguïtés, oscillant entre l'imaginaire et l'autobiographie, même si l'on a appris à ne pas assimiler le « je » du narrateur à celui de l'auteur (« Je suis angoisse, fatigue, pauvreté, mort. »), passant d'un réalisme très ancré dans la réalité montréalaise au registre onirique ; une fois prise la route, dans la nuit enneigée, tout bascule dans le souvenir et le fantasme.

Le titre dont on a supposé, sans que la preuve, c'est-à-dire l'identification de la source, en ait été administrée, qu'il s'inspirerait d'un tableau baroque, s'apparente plutôt aux toiles de Goya, comme Hasta la muerte (« Jusqu'à la mort »), découvertes au Kunstmuseum de Bâle (Journal, 15 février 1953), à moins qu'il ne parodie l'invention de la croix par sainte Hélène dont l'Église fait, au début de mai, une fête de la croix rédemptrice et de la joie triomphale. S'y retrouve aussi le rapport obsessionnel à la mort qui a, dès son jeune âge, marqué Aquin ; l'inventer, c'est aller à sa rencontre — ce qui constitue précisément la trame narrative —, en affronter toutes les facettes et toutes les formes : mort d'une liaison (Nathalie et Madeleine), mort d'une amitié (Jean-Paul), mort de la nature en novembre, mort du fils avec l'avortement, mort des souvenirs, jusqu'aux noces funèbres qui

s'accomplissent dans le suicide. *Véritable catalogue, ou « registre »
comme aurait dit Montaigne. La petite mort du plaisir, loin de
faire pièce à ce tableau, n'en est finalement que l'apothéose et
comme l'expérience anticipée, absolue et éphémère à la fois.*

À quiconque a fréquenté le reste de l'œuvre, une évidence
s'impose : l'Invention de la mort, véritable foyer générateur,
est au principe de bien des textes à naître ; de ce noyau thématique,
nouvelles, théâtre, romans ultérieurs s'offriront comme autant de
récurrences, de développements ou de modulations. La relation
de couple, que les premières pages du journal s'efforçaient de
construire dans la transparence et l'intensité, s'avère impossible
ou destructrice. L'imaginaire du lieu clos, écho de la prison
stendhalienne dans la Chartreuse ou du « lac dur oublié » qui
emprisonne le cygne mallarméen, tour à tour s'incarne dans la
chambre, l'eau et le ventre maternel, la voiture, le cercueil ou
la tombe (« La vraie vie est interdite et se célèbre en lieu clos comme
une messe noire. ») ; la tension entre les marques d'un passé aux
origines souvent obscures, mais dont tout le texte tente l'anamnèse
(« J'avance à mon tour sur la route de Thèbes et je marche, hésitant,
sur des traces archaïques. ») et le rêve d'un avenir neuf (« Je
voudrais vivre sans traîner en moi le reliquaire des instants
passés. »), s'inscrit comme une déchirure qui cherche à s'absoudre
dans un rituel du sacrifice et de l'offrande, mal affranchi de
l'emprise religieuse (« Ceci est mon corps, ceci est mon sang. »)

Voilà ce qui fait sans doute aujourd'hui l'intérêt de ce premier
crayon, plus que l'attrait de l'inédit ou les qualités proprement
littéraires, car l'invention fictionnelle y est minimale, l'art de la
suggestion et du non-dit évacué par une volonté presque chirur-
gicale de lucidité.

Un seul état du texte est disponible : 175 pages dactylogra-
phiées, plus proches d'un manuscrit de travail que d'une copie
éditoriale. Le principe de l'intervention minimale qui s'imposait
n'a pourtant pas été poussé jusqu'à interdire la correction des
coquilles, de quelques fautes trop manifestes et une normalisation
restreinte de la ponctuation. Pour le reste — impropriétés, décalques

*de l'anglais, usage parfois incertain des temps narratifs, etc. —
le lecteur jugera en se rappelant que le texte n'a probablement
jamais subi de révision ni de toilette finale.* Une édition critique
de l'Invention de la mort *est en cours d'élaboration et paraîtra
dans la collection Bibliothèque québécoise des* Œuvres d'Hubert
Aquin *(tome III. Œuvres narratives, volume 2).*

Bernard Beugnot
Montréal, mai 1991

À consulter :

*Jacinthe Martel, « Bibliographie analytique d'Hubert Aquin (1947-1982) », *Revue d'histoire littéraire du Québec et du Canada français*, 7, hiver-printemps 1984, p. 79-229.

*Guylaine Massoutre, *Itinéraires. Chronologie d'Hubert Aquin*. Montréal, Bibliothèque québécoise (à paraître dans *Œuvres d'Hubert Aquin*, tome I).

*Hubert Aquin, *Journal (1948-1971)*, édition critique par B. Beugnot, Montréal, Bibliothèque québécoise (à paraître dans *Œuvres d'Hubert Aquin*, tome II).

L'INVENTION DE LA MORT

Tout est fini.

Me voici seul sur un lit défait où je peux reconnaître encore l'empreinte de son corps. Il y a quelques minutes à peine, emmêlée dans les draps, elle pleurait. Elle m'a fait jurer que je l'attendrais ici même jusqu'à minuit ; juste le temps qu'il lui faut pour assister à je ne sais plus quelle soirée et revenir en vitesse passer un quart d'heure avec moi, avant de rentrer finalement chez elle.

À minuit, elle frappera à la porte de la chambre trois coups discrets, comme elle fait toujours. Elle croira d'abord que je me suis endormi en l'attendant. De nouveau, elle cognera, à peine plus fort, puis encore une fois et jusqu'à ce qu'elle se rende à l'évidence que j'ai quitté la chambre ou peut-être même que j'y ai trouvé la mort mystérieusement, en prenant mon bain par exemple.

Alors, elle redescendra les neuf étages qu'elle avait montés si fébrilement en ascenseur et se précipitera dans une des cabines téléphoniques du hall. Elle composera le numéro de mon appartement, mais je n'y serai pas pour lui répondre et l'empêcher de mourir d'inquiétude. Elle n'osera pas demander à la réception de l'hôtel si j'ai quitté ma chambre, car elle ne sait même pas sous quel nom je m'inscris au Laurentien toutes les semaines depuis un an.

Je suis seul désormais dans cette chambre n° 919. J'ai allumé tout ce qu'il y a d'ampoules, car je n'aime pas cet éclairage funéraire qui ne ressemble ni à la clarté ni à la vraie noirceur. Depuis cinq heures cet après-midi, nous baignons dans cet aquarium obscur, poissons aveugles qui se frôlent dans leur nuit liquide. Et puis, j'étouffe ici et je m'empresse d'ouvrir la fenêtre qui surplombe le temple anglican et la gare Windsor. À gauche de cet unique paysage, on aperçoit l'affiche lumineuse du Drury's et, plus loin, les fenêtres du Palais cardinalice. On m'a dit que le bloc de maisons dans lequel est encastré le Drury's sera démoli. Tout ce que nous touchons sera détruit. La lave nous suit de près. Combien de déjeuners d'affaires avons-nous pris au Drury's, en nous serrant les mains sous la table ! Et le sol qui soutenait ces murs boisés semblait solide sous nos pieds rapprochés.

Recouvrir les draps trop blancs, étendre le couvre-lit gris comme un pansement sur une blessure... J'ai un grand besoin de propreté, et je n'imagine rien de plus désirable, en ce moment, que de prendre un bain chaud.

Aussitôt que Madeleine a quitté la chambre tout à l'heure, j'ai refermé la porte à double tour et j'ai appliqué la chaînette de sûreté. Nous venions de nous embrasser rapidement, et rien n'indiquait, mais je le sais et Madeleine l'apprendra, que ce baiser est notre dernier. J'ai ouvert la porte pour elle et je l'ai poussée doucement dehors, car j'avais hâte d'être seul, je brûlais de m'enfermer entre ces murs vert espérance et de ne plus rien sentir. Il est bon de se retrouver seul dans une chambre d'hôtel bien close, de marcher nu sur le tapis fibreux, de se regarder longtemps dans le miroir et de déchiffrer sur son visage les signes qu'on a coutume d'analyser dans les lignes de la main. En attendant que la baignoire se remplisse jusqu'au bord, je me regarde, nu reflété dans ce miroir, comme un cliché souvenir. La pâleur, c'est le surmenage des derniers mois au journal. Les cernes mauves, et le poids invisible qui tire les lèvres vers le bas, c'est Madeleine. Dans les yeux d'un bleu éteint, qui me transpercent froidement, je reconnais mon désespoir, ou peut-être la folie. J'ai la face de l'automne qui finit. Septembre, octobre, novembre m'ont dépouillé de tout. Mon visage est un sol glacé, sans soleil et sans fleurs. Le masque est pétrifié ; et l'expression, il serait faux de dire qu'il n'y en a pas, car cette immobilité même me fait peur. Je me vois nu. Comment se fait-il que personne n'ait vu sur mes traits ce que j'y constate en toute clarté : le nez informe, la bouche sinueuse, les yeux sans force, le menton de la lâcheté, le regard d'un vaincu ? Comment peut-on aimer cela, comment s'y fier même ? La première fois que j'ai surpris mon profil dans un miroir, j'avais douze ans, j'ai eu honte comme si j'avais arboré ma nudité en public. Je me croyais démasqué. J'aurais voulu naître comédien au Japon et vivre maquillé du berceau à la tombe, protégé par une armure de mascara. J'aime relever le col de mon paletot pour cacher le plus possible de mon visage, et porter des lunettes fumées en pleine nuit comme les pianistes noirs. Ma peau est vulnérable, sans défense, blanche. Et mon corps nu, avec ce sexe pareil aux milliards de sexes qui ont peuplé la terre, me rappelle les corps anonymes des survivants d'Auschwitz, que j'avais contemplés longuement sur des photos d'agence trouvées par hasard dans un classeur du desk.

Maintenant, je trempe dans l'eau jusqu'aux épaules. Si, demain matin, on trouvait mon cadavre submergé dans la baignoire, dirait-on que je me suis donné la mort ou bien que tout simplement je me suis endormi dans l'eau bienfaisante ? Mais cette ambiguïté ne serait pas la moindre : on constaterait que je me suis inscrit à l'hôtel sous un faux nom et, par une induction policière qui va de soi, on chercherait non seulement mon vrai nom dont mon portefeuille est couvert, mais celui de mon complice ou de ma partenaire, le nom de la personne dont quelques cheveux noirs, prélevés sur les oreillers, prouveraient le passage dans ces lieux. Et qui sait si, au terme de subtils recoupements, on ne découvrirait pas l'identité de cette belle inconnue ? Madame Madeleine Vallin, ancienne présidente du Cercle musical de Montréal, appelée à témoigner sur la mort de René Lallemant, survenue dans un grand hôtel de la métropole ! Même un articulet en page trois de *la Presse* peut détruire une vie. On accablerait Madeleine ; des soupçons pèseraient sur elle, des certitudes honteuses aussi. Les gens de son milieu diraient : « Elle couchait avec un jeune inconnu dans des chambres d'hôtel, en plein après-midi ! »

Non, je ne finirai pas dans un bain noyé sous une fausse identité. Je veux bien porter mon nom jusqu'au bout et ne pas me rappeler à Madeleine par un scandale qui la détruirait.

Il me semble que j'ai perdu toute sensibilité et que le monde, au-delà de cette porte fermée par une chaînette, ne m'atteint plus. Tout à l'heure, je téléphonerai à Jean-Paul. Je me tais chaque fois que je le rencontre. Je suis interdit devant ses calembours dont la drôlerie convenue est inversement proportionnelle à la drôlerie réelle. Même cela, je le lui dirai, car le téléphone me rend loquace. Au bout d'un fil, je me transforme. Mes conversations téléphoniques ne sont pas dans le même registre de réalité que ce qui est dit de vive voix ; elles sont frappées d'irresponsabilité, de la même façon que, devant les tribunaux, elles seraient jugées illégales. Jean-Paul me déplaît c'est sûr, et voilà des mois, des années que je garde silence devant lui, osant à peine blasphémer son nom en pensée. Je le revois encore avec son grand sourire railleur, me lancer, devant toute la salle de rédaction :

— Alors Lallemant (pendant dix ans, il m'avait appelé René), il paraît que tu as posé ta candidature pour devenir correspondant à Paris ? Cachottier, va...

Je n'écourterai pas mon bain pour lui dire au téléphone qu'il y a bien longtemps que j'ai démonté son personnage. Cela peut bien attendre. D'ailleurs, rien ne me presse, j'ai tout mon temps et je me trouve bien dans l'eau chaude. Je suis plongé dans une eau ancienne. Mon immersion est un souvenir confus. Les bains sont en forme de ventre, j'aime me glisser entre leurs parois blanchâtres et m'y replier comme un fœtus sans conscience et, par conséquent, sans douleur.

L'eau refroidit.

Je me souviens d'un film américain dans lequel un marin agonise après avoir été poignardé et se rappelle, dans son délire final, les orgies et les saoulades vécues au hasard des escales. Ses copains, réunis autour de son lit de mort, écoutent avec émotion le récit de ces épopées sordides qui envahissent l'esprit du mourant comme les grands moments de sa vie... Je ressemble à ce marin ; j'ai peine à considérer ma vie autrement que comme un seul plaisir plus ou moins interrompu. Tout le reste est irréel, qui ne coïncide pas avec ma jouissance. Pourtant, je le sais bien, la quête du plaisir ne m'aurait pas conduit dans cette chambre de voyageur de commerce. C'est une autre quête, un autre long voyage que celui de ce marin inconnu qui se cramponnait à son passé comme à une putain de port, qui a fait de moi un condamné. Que reverrai-je avant de mourir ? Quelle sorte de passé tenterai-je alors d'exhumer de mon inconscience pour m'en faire une vie à moi ? À quoi donc ressemblera ma vie quand je la regarderai, l'espace de quelques secondes, une dernière fois ?

Tiens ! Le téléphone sonne !

Qui est-ce ? Qui m'appellerait bien ? Tout le monde ignore que je suis ici, et encore sous un nom fictif, sauf Madeleine, bien entendu. Mais elle ne m'appellerait pas puisque nous devons nous revoir ici même à minuit. Tant pis, je laisse sonner, d'ailleurs c'est probablement une erreur de la téléphoniste. Elle se sera trompée d'un chiffre : 919, cela est si près de 719 ou de 819...

Voilà, j'ai raté encore une fois mon nœud de cravate. Il faut dire que le tissu ne se tient plus beaucoup et ressemble à une vieille corde de pendu. Il faut dire que je n'ai pas été attentif dans le choix de mes cravates. Si tout était à recommencer, je m'habillerais chez Brisson et Brisson coûte que coûte : cravates suisses, vestons Shetland coupés à la romaine, chemises rayées gris ou bleu au col échancré, et non pas ces affreuses chemises blanches que je porte depuis le collège en guise de collet romain ! Quand tout croule, il reste encore à se costumer. Je regrette, ce soir, de n'avoir pas de garde-robe élaborée, car je passerais par l'appartement pour changer de costume, me déguiser en homme heureux.

Ai-je bien fait de ne pas répondre à ce téléphone inattendu ? Pourquoi Madeleine m'aurait-elle appelé ici ? À moins que ce soit quelqu'un d'autre qui m'appelait pour surprendre le son de ma voix, le mari de Madeleine ? Il n'a pas l'allure d'un jaloux, néanmoins la dernière fois qu'il m'a vu, il m'a toisé drôlement. Sans doute que je lui prête plus d'imagination qu'il n'en a. D'après Madeleine, il ne pense qu'à son travail. Dans ce cas, j'ai bien fait de ne pas répondre. L'ennui c'est qu'en décrochant je devais parler le premier, et cela aurait suffi à m'identifier devant un ennemi possible. Et si c'était Madeleine qui voulait me dire quelques mots : « Je t'aime René, c'est toi seul que j'aime. Ne doute pas de moi, mon amour. À tout à l'heure. Je ne peux pas te parler plus longtemps, j'emprunte le téléphone de Madame X. À tout à l'heure. »

Trop tard mon amour. J'ai vécu collé à tes parois comme un placenta, maintenant je me détache de toi, adieu ! Je sais bien que ces mots qui me traversent l'esprit ont une explication freudienne. Oui, j'avance à mon tour sur la route de Thèbes et je marche hésitant sur des traces archaïques. Ce schéma est tellement éculé qu'il doit être vrai, mais tellement vrai aussi que je dois le revivre à mon tour, que j'aie les yeux ouverts ou crevés. Que m'importe cette hérédité clinique qui m'apparente à une généalogie de fils maudits ! Je préférerais être Œdipe pour toi, ma belle Jocaste ; hélas, je n'ai tué personne et je ne suis pas roi. Je n'ai pas le peuple de Thèbes à mes pieds, ni la peste à conjurer et je n'ai pas rencontré de sphinx sur ma route. Non, ma vie n'est pas un calque et mon illustre filiation ne change rien à ma solitude.

Demain matin, je dois interviewer deux dignitaires égyptiens qui seront à Beauharnois pour y étudier les installations portuaires de la voie maritime. Hier, comme par dérision, j'ai fait un article sur un homme qui a tout réussi, un dénommé Epstein qui dirige une des plus grandes chaînes de journaux au monde. Depuis mon entrée au *Canadien*, il y a cinq ans, chaque jour je rencontre un homme à succès. Mes rêveries d'ambition ont ainsi changé, de jour en jour, selon mon interlocuteur ; j'ai regretté de ne pas être banquier, diplomate, politicien nationaliste, armateur, délégué aux Nations unies, chef arabe, Ernest Hemingway, courtier en valeurs, roi de Thèbes... À côté de cela, je continue de jouer le plus sérieusement possible au journaliste, faute d'avoir réussi ma licence en droit. Depuis que j'ai raté ce stupide examen, me voilà condamné à parler du succès des autres. On me dit souvent : « Vous autres journalistes, vous êtes privilégiés : vous vous exprimez. » Allez donc ! L'expression de soi n'est qu'un simulacre de la puissance. Et si, à la limite, elle constitue une force réelle, ce n'est toujours que dans l'univers de l'écrit qui entretient avec la réalité les mêmes rapports que le journaliste avec un chef d'État. C'est le pouvoir qui m'intéresse, n'importe lequel ! J'ai rêvé d'être un homme riche ou un criminel impuni, et je remplis deux colonnes par jour d'interviews dans le second quotidien de Montréal, *le Canadien*. Évidemment, je vois des gens. C'est fou ce que je peux en voir. J'ai rencontré Salvador Dali, pris les toasts du matin avec Gérard Souzay, bu un pernod avec Jean Rigaux, un scotch avec Fernandel, un café avec Adlaï Stevenson... et j'en passe. Je suis las de faire les hôtels et les consulats tous les matins en quête de copie. À la longue, je me sentais une parenté gênante avec les facteurs qui finissent par faire des cauchemars hantés de trottoirs et d'escaliers. Tous les matins, je partais du bureau avec mon calepin en quête de génies, de stars, de personnalités, de « grandes folles » comme les appelle Jean-Paul. Oui, c'est vrai que j'ai posé ma candidature pour Paris. J'ai voulu fuir, m'évader de la confirmation tous les jours plus évidente de ma chute. Au moins, me suis-je dit, quand je serai correspondant à Paris, quelque chose se produira. De plus, j'ai rêvé qu'avec l'allocation de séjour qui aurait grimpé mon salaire à neuf mille [dollars], j'enlèverais Madeleine. Nous aurions vécu dans une maison du côté de Rambouillet. Pourquoi Rambouillet ? Car je n'y suis jamais allé et, pendant les cinq semaines de mon voyage en France, qui a suivi ma « dépression » de 1955, j'ai contourné mystérieusement Rambouillet, j'ai navigué autour de cette île sans l'effleurer. Depuis que j'ai connu Madeleine, tous mes projets d'amour se passent à Rambouillet. Ah ! fuir ensemble dans une ville inconnue... Madeleine ne savait rien de mon plan. Je voulais presque la ravir et ne pas lui laisser le temps d'hésiter, ni celui de regretter. On ne rompt pas par étapes avec le monde ; il faut fuir scandaleusement, tout renier comme font les bandits. Cette maison à

Rambouillet, je l'imaginais semblable aux vieilles maisons canadiennes dont la face est tournée vers le fleuve. Mais il n'y a pas plus de maison canadienne à Rambouillet qu'il n'y avait de chances que nous partions.

Le rédacteur en chef m'a d'abord déclaré que rien ne s'opposait à ma nomination à Paris. Deux jours plus tard, il m'a rappelé à son bureau pour m'expliquer que, pour différentes raisons, j'étais écarté de la compétition. Il était coincé entre deux rendez-vous urgents et ne pouvait me commenter plus longuement cette décision qui, m'a-t-il précisé, a été prise par le conseil de rédaction. Puis, il m'a annoncé que Pierre Lorion prendrait son poste, ma place quoi !, à Paris le 15 décembre. Je n'ai pas eu le temps de répliquer que je valais cent fois Pierre Lorion. D'ailleurs, quoi dire à celui qui vous précipite, par une seule phrase, dans le vide ? Rambouillet disparaissait du cosmos : son château, sa forêt, ses belles routes laissaient leur place à un champ de ruines. Je me trouvais devant la même perspective de néant que j'avais déjà expérimentée en 1955.

J'étais trop ébranlé par la pulvérisation soudaine de Rambouillet pour raisonner sainement. Qu'on ait choisi Pierre Lorion à ma place, je n'en voyais pas la raison, car son incompétence, son style inflationnaire et son ignorance le déclassaient d'emblée. Je me trouvais fort mal placé pour le juger objectivement, pourtant, à son sujet, ma rage décuplait ma lucidité, cela j'en suis certain. Soudain, j'ai compris qu'il était bien inutile de faire le procès de Pierre Lorion, puisqu'il n'était pas en cause, car, même s'il était décédé par impossible, le jour de sa nomination, un autre que lui, mais pas moi, l'aurait remplacé. Quelqu'un m'empêchait d'aller à Paris, de fuir, de renaître, de recommencer ma vie avant que l'âge ne vienne consommer mon enlisement dans une salle de rédaction. Pierre Lorion, rival d'occasion, n'était que la défroque d'un ennemi total.

Je marche depuis tout à l'heure de la fenêtre à la porte. Le temps passe lentement, mais il passe, il s'engloutit lui-même de seconde en seconde laissant parfois ses alluvions dans la mémoire. Le temps coule, dit-on, oui il coule comme un sang artériel qui n'a jamais le même plasma ni la même fluidité. On ne baigne jamais deux fois dans le même sang, ni deux fois dans la même extase. Je sais désormais, par vérité révélée, que l'amour est captif du temps, qu'il meurt d'être passé et que s'il lui arrive d'être éternel, cela ne peut être que dans une mémoire enflammée, à la façon dont les pyramides sont éternelles en plein désert. Et encore, les pyramides sombrent lentement dans leur sol brûlé, elles glissent d'année en année de tout leur poids, car tout sable est mouvant. L'éternité est une notion funéraire, et la vie une rivière incertaine et précaire. Moi aussi, pourtant, pharaon, j'aurais couvert le désert d'hypogées, j'aurais fait jaillir du sable des effigies de chats divins pour marquer le chemin qui m'a conduit, de chambre en chambre, jusqu'à ce lit désolé, ce chemin que je refais ce soir à contre-courant jusqu'à ce visage de femme qui a été le commencement de tout.

En novembre 1958, je suis entré dans le Salon Rose de l'hôtel Windsor vers huit heures du soir. J'étais fatigué et la perspective d'interviewer le célèbre romancier français Paul Saint-Paul, un grand dadais dont je me suis juré ce soir-là de ne jamais lire une ligne, ne m'égayait pas. Je traversais une période où je buvais trop : scotch sur scotch, j'avais contracté l'habitude désarmante de m'injecter d'alcool à tout moment, pour combattre mon Weltschmerz. Je suis donc pénétré, blasé et las, dans ce Salon Rose qui vient d'être démoli par les bulldozers en même temps que les trois quarts de ce cher hôtel. Des femmes très chic, quelques têtes du Tout-Montréal, le sourire sportif de Guillaume B., le visage anxieux de Guy L., bref, c'était le cirque habituel des réceptions de l'Alliance française. Mon premier mouvement fut d'aller me ravitailler au bar, près des grandes draperies vieux rose. Et c'est là que j'ai aperçu, pour la première fois, sa chevelure semblable à la nuit, son visage très pâle, son cou fragile pareil à la tour de Damas qui regarde la plaine de Syrie et ses mains gonflées de sang comme elle tout entière est éclatante de vie. Dieu sait que la beauté n'est jamais vérifiable en termes objectifs et qu'elle transcende encore toutes les métaphores qui rêvent de la cerner. Cette belle inconnue, à mes yeux parfaitement incarnée, m'apaisait déjà sans me dire un mot, sans même me regarder, mais de sa seule présence qui venait, en un éclair, de m'apporter une certitude reposante. J'étais visité. Et ce soir-là, dans ce salon qui aurait pu être aussi bien noir que rose, je me suis approché de Madeleine dont je ne savais pas encore le nom. La crainte de la voir fuir me donnait toutes les audaces.

— Pardon Madame ?

— Je vous en prie...

— Je représente le journal *le Canadien*. Vous seriez bien aimable de me donner quelques renseignements au sujet (je venais de remarquer une alliance à sa main gauche)... du prochain conférencier de l'Alliance française.

— Je n'en sais pas plus que vous, Monsieur...

— On m'a dit de m'adresser à vous. N'êtes-vous pas membre du comité féminin de l'Alliance ?

— Non. Je n'ai rien à voir avec l'Alliance française. Tenez, je vais vous présenter à une de mes amies qui, elle, saura vous renseigner mieux que moi...

— N'en faites rien...

Ce que j'ai inventé pour la retenir près de moi, sans trop déroger au rituel du Salon Rose, je ne m'en souviens plus. Madeleine m'a avoué par la suite qu'elle ne m'écoutait déjà plus et suivait plutôt la montée du sang sur mon visage.

Te souviens-tu, Madeleine, d'avoir comparé le conférencier à Stendhal ? Ce soir-là, j'aurais même sacrifié Balzac à ce jeu qui consistait à glorifier Paul Saint-Paul, seul et inconscient prétexte de notre rencontre. Pendant que tu me convertissais à ton adorable comparaison, je regardais tes grands yeux sombres devenir souriants et la peau de ta gorge, bordée par ton tailleur noir.

Cet hôtel devenu champ de démolition, nous l'avons revisité une autre fois l'an dernier. Nous étions dans une chambre au plafond très haut, avec deux lits jumeaux, une fenêtre qui donnait sur la cour intérieure, une salle de bains vétuste où j'avais refroidi le champagne dans le lavabo. Le champagne, c'était pour t'impressionner. J'évaluais tout, alors, en termes stratégiques. Soldat hésitant, souvent enclin à la peur, je lotissais notre passion en champs de bataille qu'il m'apparaissait plus facile ainsi de contrôler. Les anciennes guerres se déroulaient ainsi dans d'étroits enclos, sous forme de rencontres sportives. Je manœuvrais d'après les tactiques et les ruses qu'on enseigne dans les manuels de guerre. Toute cette comédie foudroyante pour en arriver à une simple défaite, toute cette science de l'amour pour mourir comme un soldat égaré !

Ce jour-là au Windsor, je te regardais, Madeleine, dans cet éclairage blafard, tout habillée, étendue sans repos sur un lit trop étroit. J'étais incapable de parler, d'avouer que de tout mon corps et du plus loin de mon enfance, j'étais tendu vers toi. Chère ennemie, il fallait te séduire et non te prendre aveuglément comme une ville hostile, sans même te dire combien je t'aimais. L'étrange : c'est moi qui ai le plus souffert de cette rencontre. Tu n'as pas pardonné à ton agresseur de l'hôtel Windsor, pas plus que tu n'as compris, ce soir entre cinq heures et huit heures, le client de la chambre 919.

Je songe souvent à Fabrice del Dongo, je dois à Madeleine d'avoir relu *la Chartreuse de Parme*, et je suis jaloux de la belle Clélia qu'il adore du haut de son donjon. À travers les barreaux de sa prison aérienne, tout lui devient paradis perdu. Vue de cent mètres au-dessus du sol, Clélia Conti est divine et irremplaçable. Oui, j'ai commencé à aimer cette histoire quand Fabrice entre dans sa tour et que lentement il refait le monde à travers cette visière magique. J'envie son orgueilleuse prison qui lui permet de différer indéfiniment l'instant de sa chute. Ne pas s'évader de la tour Farnèse, rester plutôt prisonnier de l'espoir d'en sortir, aimer d'un amour invérifiable une femme trop pure, mourir ainsi... Le plus grand moment, le plus impossible de ce roman, c'est quand Fabrice, avant de quitter à jamais son cachot, possède Clélia dans ce lieu impropre à tout amour, et pour cela parfait. Voilà bien le sommet, après quoi l'amour est une chute. Les rencontres adultères de Fabrice et de Clélia, je les ai vécues dans les chambres d'hôtel depuis un an, tous les vendredis, car c'est le jour de sortie de Madeleine, et parfois, en supplément, le mardi vers quatre heures, sans compter les quelques week-ends arrachés au hasard des absences de son mari. La différence entre Fabrice et moi, c'est que je n'ai pas connu sa prison, mais la liberté, la terrible liberté des rendez-vous galants, dit-on, le jeu de probabilités des numéros de chambre, car chaque fois le numéro change mais en douze mois nous n'avons jamais frappé deux fois le même numéro...

L'hôtel Windsor a mis tous ses lits à l'encan, il y a quelques semaines. J'aurais pu y acheter le nôtre, je veux dire celui qui était près de la fenêtre. Mais comment le reconnaître entre des centaines de lits jumeaux ? Peut-être qu'un de ses occupants antérieurs, y ayant connu une nuit mémorable, aurait acheté avant moi, ou à coups de surenchère, ce lit haut sur pattes sur lequel Madeleine, assise, a retiré ses bas, puis son corsage noir et sa jupe. Oh ! j'étais conscient que ce moment était redoutable pour elle, surtout que ces premiers gestes d'intimité semblaient précipités, un mois à peine après notre conversation sur Stendhal au Salon Rose. J'étais inapte à prononcer les paroles qu'elle attendait de moi, muet et immobile devant la nouveauté saisissante de nos gestes qui m'ensorcelaient. Quand j'avais six ans, j'étais resté ainsi hypnotisé pendant des heures à caresser le ventre d'une petite fille de ma rue, mystifié par un plaisir préalable à tout concept de volupté. De la même main, je caressais Madeleine à travers l'écran opaque de son jupon, je pétrissais son ventre, sa poitrine, puis enfin, dans le grand silence de la chambre, et comme pour aller jusqu'au bout du défi le plus animal, je l'ai déshabillée tout entière. Jamais, jamais je ne lui ai avoué le vertige qui m'a saisi à ce moment si mal choisi. A-t-elle remarqué mon hésitation, ce temps infinitésimal dans ma course au but ? Ah ! son corps, à mes yeux, ne lui ressemblait pas. Elle l'avait emprunté à une vieille femme. Ce ventre vergeté, défait par trois grossesses, ces seins atrophiés, non ce n'était pas elle, ou plutôt ce nu ressemblait à une cruelle prémonition de la sénescence. Madeleine vivait avec le corps de sa mère. J'avais soulevé le voile qui recouvrait le portrait de Dorian Gray.

Mais, pas un instant je n'ai cessé d'aimer Madeleine. Je me sentais étrangement lié à elle par une promulgation antérieure à notre rencontre et dont les conditions avaient été fixées dès ma naissance. Coupable d'avoir hésité en sa présence, et, inconsciemment sans doute, pour me faire pardonner cette première trahison, j'ai renversé Madeleine sur le lit, j'ai embrassé son cou vieilli, lui aussi, j'ai appliqué ma bouche sur ses épaules et sous ses aisselles. Oui, j'ai supprimé les silences bienfaisants, les mots bénis, tout le cérémonial de l'approche, pour forcer le désir et mimer le coït des bêtes, jusqu'à ce qu'il m'entraîne corps et âme dans sa chute tumultueuse et reposante.

Après, je t'ai recouverte d'un drap blanc. Tu m'as murmuré : « Je te déçois, n'est-ce pas ? » J'ai dit non. Tu as renchéri...

— Mon corps est fatigué.

— J'aime ton corps...

Ne te l'ai-je pas prouvé dans les minutes qui ont suivi ? Ne t'ai-je pas rassurée, mon amour, car j'ai adoré ton corps de mes lèvres aveugles, je l'ai vénéré comme jamais aucun dévot ne s'est prosterné devant une relique !

Les enfants datent pour moi de l'hôtel Windsor ! Francine douze ans, Maxime dix ans, Pierre sept ans. C'est là, sur ce lit, en déportation désormais dans une maison de chambres ou un hôtel de passe, que Madeleine m'a confié que Maxime est le plus intelligent, j'ai traduit : son préféré, et qu'il lui ressemble beaucoup. Ce lien consanguin entre Maxime et Madeleine m'a déplu ; dès ce moment, j'ai pris son enfant en grippe, lui préférant sans examen les deux autres. Par la suite, cédant sans pudeur à mon préjugé, j'ai fait comprendre à Madeleine qu'elle faussait l'éducation de son fils par la prédilection qu'elle lui marquait. Jalousie de ma part ? Non, car si j'ai pris parti pour Pierre, c'est que j'ai payé cher dans mon enfance d'être le second, celui qu'on délaisse. J'en porte encore la cicatrice et je n'en finis pas de vivre en fils oublié. Je n'attends pas qu'on m'aime, je le demande sans pudeur. Chaque jour, je revendique ma part d'attention exclusive qui rachète un peu les années de désemparement. Je suis de la race qui téléphone toujours le premier, et à contretemps.

Vers dix heures, un soir qui a suivi und nos atroces rendez-vous au Laurentien, j'ai téléphoné chez

Madeleine. Elle était au salon avec des amis et son mari. Elle n'a pas accusé de surprise et s'est adressée à moi froidement comme si j'étais une importune...

— M'aimes-tu encore, Madeleine ?

— Mais oui, voyons, tu le sais bien...

— Vraiment ?

— Puisque je te le dis...

— Même après cet après-midi, mon amour ?

— Mais oui Lucienne, j'y serai sans faute. Tu m'excuseras, j'ai des amis au salon. Nous reprendrons cette conversation une autre fois.

— Ne m'oublie pas Madeleine, j'ai besoin de toi.

— Mais oui, c'est cela. Au revoir, Lucienne...

La paix que j'avais espérée de ce coup de téléphone s'était abattue sur moi, une fois le récepteur raccroché, sous forme d'une angoisse débilitante. Ma crainte d'être rejeté par Madeleine reposait sur de nouveaux fondements. Et quelle dérision que ce nom de Lucienne dont elle m'avait baptisé soudain, et que je portais honteusement. Je ne sais pas ce qui m'a retenu de téléphoner à nouveau pour lui dire rapidement : « Pardonne-moi », sinon la peur du ridicule. Que de nuits blanches j'ai passées à regretter de ne pas avoir manifesté à ma mère que je l'aimais. De son vivant, je l'aurais enveloppée de démonstrations insensées, de baisers, de caresses, si je n'avais pas redouté de perdre son amour à force de lui prouver le mien.

Mon esprit malade ne comprend les départs que sous forme d'abandon. L'autre soir encore, juste après le dernier baiser de Madeleine, j'ai cru vraiment qu'elle me fuyait pour de bon. Je l'imaginais voler gaiement loin de moi, éclater de son rire nerveux et soudain, auprès d'inconnus qui la convoitaient, chercher la compagnie d'hommes brillants, forts, riches et de bonne humeur ; tandis que je me voyais taré, vide, vampire tirant mon filet d'existence de tes belles veines, Madeleine ! Le sentiment de ma déchéance m'accablait, comme en ce moment celui de mon inutilité.

Je ne connais de ma vie que les temps morts. Aucun souffle ne m'anime, sinon pendant nos trop rares extases. Rien de continu en moi, mais la mort devenant une habitude, la vie un plaisir volé au hasard. Il m'est douloureux d'imaginer que des hommes sont portés par un grand élan, soulevés par une passion persévérante. Je suis fait en creux comme une matrice infécondable. Tout ce qui me vient de vivant, je le prends ailleurs, mon plaisir au corps complaisant de Madeleine, mon humeur au scotch. Il me faut même voler les mots pour décrire des états de plénitude que j'effleure à peine et que d'autres ont vécus mieux que moi.

Il est bien normal que je sois toujours le plus inquiet des deux, car je suis réellement en reste. J'ai vécu à crédit comme un imposteur, sans jamais rembourser, sans rien donner en retour, mais que pouvais-je donner ? Je suis ruiné. Même les baisers, je ne les donne pas, je les prends, je les arrache, car ma bouche ne sait que recevoir...

En 1955, mon année de dépression, comme 1929 fut celle de Wall Street, le docteur Rhéaume m'avait enseigné à ne pas toujours vérifier deux ou trois fois si j'avais bien fermé les portes derrière moi. Ces portes que je fermais à double tour et qui, dans mon souvenir, ne se sont jamais ouvertes sur mon passage, ce sont celles de l'Institut Prévost, véritable labyrinthe d'où je ne voulais pas m'échapper. À force de dressage, j'ai désappris à vérifier mille fois toutes les serrures de ma prison. Les symptômes étiologiques de mon angoisse ont ainsi disparu de mon comportement, mais l'angoisse, ce mal diffus, n'est pas un furoncle. Ce serait trop simple. Malgré la thérapeutique savante de ce bon docteur Rhéaume, j'ai gardé mon mal, car je suis angoisse, pauvreté, fatigue, mort. Un bon lavage de cerveau pourrait me persuader du contraire, mais à quoi bon cette supercherie ? Rien d'autre qu'une jouissance sexuelle indéfinie ne me guérirait de ma mort. Un spasme infatigable, voilà le remède philosophal, l'antidote du poison qui reflue dans mes vaisseaux. Je songe à un certain après-midi du mois d'août 1958, chaud et plein, qui se prolongerait sans le moindre fléchissement jusqu'à l'assomption finale dans le néant. Mais pour me rendre jusqu'à cette longue journée d'août, il m'a fallu traverser le mois de novembre et tout l'hiver, puis le printemps douteux.

Tout s'est déroulé lentement après notre première rencontre dans le Salon Rose, et pendant les jours qui ont suivi, j'ai fait une série de téléphones à Madeleine. De tous les coins de la ville où me conduisaient mes interviews, je lui téléphonais. J'ai visité longuement et en détail toutes les cabines téléphoniques du Ritz, du Mont-Royal, de l'Indian Room, ces dernières sont de beaucoup les plus confortables, puis celles qu'on trouve postées en sentinelles au milieu des trottoirs, dans lesquelles on grelotte l'hiver et qui, de plus, le soir s'allument comme des vitrines. Un jour, mais j'ai oublié de quelle cabine j'ai fait cet appel à Madeleine, nous avons eu une légère discussion au sujet de mon appartement de la rue Durocher, fâcheusement situé en face de la maison d'une de ses grandes amies, Madame Dujardin.

— Non, je n'irai pas à votre appartement, René. Lucienne pourrait m'apercevoir de sa fenêtre, ou encore me rencontrer devant la porte. Vous devez comprendre...

De ce jour, j'ai cessé d'acheter le moindre bibelot pour cet appartement frappé d'interdit, déclaré inutilisable. J'ai vu Jean-Paul à la salle de rédaction et je lui ai expliqué que j'avais besoin de son appartement pour la soirée.

— Ce n'est pas un bordel chez moi, me lança-t-il.

— Que vas-tu imaginer ? Il s'agit d'une personne très bien qui ne peut pas se rendre chez moi à cause d'une voisine qu'elle connaît, tu vois ?

— Au moins, me dit-il en me fixant, ne lui fais pas un enfant à celle-là !

— Ne revenons pas là-dessus.

— C'est le grand amour ?

Je ne répondais rien. Il me tendit un double de sa clef en me disant :

— C'est à cause d'elle que tu ne viens plus me voir ? Ne réponds pas, j'ai compris. Un ami ce n'est pas encombrant. On le laisse quand on trouve mieux...

Je serrais la clef dans ma main. Aussitôt libéré de Jean-Paul, je téléphonai à Madeleine, lui fixant rendez-vous à six heures trente à l'appartement de Jean-Paul, rue Saint-Marc. Je me revois très bien arriver à l'appartement de Jean-Paul une heure avant l'heure H, me baigner nerveusement en laissant la porte de la salle de bains ouverte pour entendre la sonnette, m'essuyer dans les serviettes de Jean-Paul et me parfumer de son musc. J'étais prêt à notre premier rendez-vous ; premier, car c'est la semaine suivante que nous nous sommes rencontrés dans la chambre de l'hôtel Windsor.

Madeleine est finalement arrivée, mais crispée, anxieuse, examinant avec méfiance cet appartement hanté où je l'avais conviée.

— Chez qui sommes-nous, René ?

— Chez un ami à moi...

— Qui ?

— Allons, quelle importance...

Pendant ce temps, je lui servais le scotch de cet ami.

— Pourquoi ne voulez-vous pas me dire son nom ?

— Madeleine, faites-moi confiance. Je ne vous ai pas entraînée dans un guet-apens...

— Si votre ami vous a prêté son appartement, il doit aussi connaître mon nom et imaginer tout le reste...

— Je vous jure que non. Il ne sait rien de vous, Madeleine, rien...

Pourquoi, dans ce cas, lui cacher le nom du propriétaire de l'appartement où je la séquestrais ? Je le savais si peu moi-même. Sans doute, je ne voulais pas qu'elle ait le sentiment d'être chez Jean-Paul, mais chez moi...

— Vous êtes sûr qu'il ne reviendra pas, votre ami ?

— N'ayez aucune crainte, j'ai tout arrangé...

— Vous avez tout arrangé ! Ces mots me donnent froid...

Je perdais du terrain. Madeleine ne buvait pas son scotch : elle m'observait, du fauteuil où elle s'était vite réfugiée, me lancer dans des périodes d'un goût douteux. L'extase à laquelle j'avais si soigneusement préparé mon corps se monnayait en dialogues de protestation.

— Cela peut vous paraître insensé, René, mais je n'ai jamais menti. Et ce soir, devant mon mari, je vais mentir pour la première fois. Je regrette déjà d'être venue ici...

De longs silences, entre des phrases obscures, symbolisaient la distance qui me séparait encore de Madeleine. Le langage est une habitude ; et il faut une lente fermentation du sentiment, et un certain consentement avant la lettre, pour ajuster deux lexiques incommunicables. Ce jour-là, les paroles pourtant ardentes par lesquelles je voulais calmer Madeleine ressemblaient à des préambules constitutionnels.

Le fauteuil sur lequel elle était assise appartenait à un inconnu, donc à un témoin dont je m'étais mystérieusement refusé à divulguer l'identité. Les murs chargés de gravures, les tapis, chaque objet de cet appartement figuraient, aux yeux de Madeleine, un prolongement de mon complice et lui donnaient la sensation qu'un voyeur épiait notre rendez-vous secret.

Après une conversation semée de sous-entendus où elle me laissa entendre qu'une certaine forme d'accord existait entre elle et son mari, le téléphone de Jean-Paul sonna. Cette sonnerie mal venue était une intrusion vivante, comme si un tiers nous surprenait ! Je me suis dit : « Après trois ou quatre coups de sonnette, ce sera fini. » Mais non, le téléphone continuait de retentir à intervalles réguliers. C'était intenable. L'intrus avait une présence démesurée dans la pièce. Madeleine lui prêtait des ruses, des soupçons, un visage. J'étais moi-même bouleversé d'entendre cette sonnerie obsédante qui ressemblait à un avertissement.

Quelques minutes plus tard, je me suis retrouvé seul dans l'appartement de Jean-Paul, à vider le verre de scotch où Madeleine avait à peine laissé quelques parcelles de son rouge opale. Le scotch avait bon goût, il avait mûri sur les cargos qui vont aux Indes. J'ai pensé alors qu'après ce rendez-vous manqué, je ferais mieux moi aussi de partir pour les Indes et de n'en pas revenir.

L'appartement de Jean-Paul a été néfaste. Je n'y suis jamais retourné avec Madeleine, et pourtant il n'est pas tellement différent de ces chambres numérotées où elle n'a pas craint de s'abandonner tant de fois par la suite. Au fond, toutes les chambres se ressemblent, tous les lits n'en font qu'un. Par moments, les corps aussi me paraissent indistincts.

L'autre nuit j'ai rêvé que la chambre où nous étions, Madeleine et moi, était couverte d'une tourbe d'aiguilles à coudre. Je les ramassais d'abord par grandes fauchées, avec la ceinture de Madeleine, pendant qu'elle se tenait assise sur le lit et me regardait flairer le tapis velu. Plus j'enlevais d'aiguilles, plus ma crainte qu'il en restât devenait angoissante. J'en vins à me coucher sur le plancher, l'oeil à la hauteur des poils du tapis, pour déceler dans cette laine herbeuse des reflets métalliques. J'étais déterminé à supprimer cette moisson d'épées invisibles qui me séparaient du lit.

Je fouillais, accroupi dans la pose d'un chien, et je constatais que chaque laine du tapis gardait dans sa tige une aiguille meurtrière.

Hélas, nulle clef des songes ne me délivrera jamais de cette quête obsédée d'aiguilles dans une forêt d'aiguilles, qui est le résumé dérisoire de mon autobiographie.

Un autre détail me revient. Ce lit, encerclé de minuscules instruments de couture, d'où Madeleine me jugeait, était celui de Jean-Paul...

Quand je songe... ou plutôt, quand je songeais à notre maison de Rambouillet, je la décorais somptueusement d'un seul tapis de haute laine qui formait, dans mes prévisions futiles, un vaste matelas spongieux, un lit intégral dont nous ne serions jamais descendus Madeleine et moi, un lit sans draps, sans plis, sans limites.

Il est neuf heures. J'ai l'impression de revoir en accéléré une mauvaise copie de film muet. Les images sautent sur l'écran, striées de rayures, oblitérées comme de vieux timbres. Je revois l'ancienne salle de rédaction du *Canadien* où, depuis cinq ans, j'ai tapé des papiers comme un prêtre désabusé peut faire des sermons sur tout sujet divin, au choix, à une heure d'avis, puis une séquence inachevée avec Nathalie qui remonte sans cesse le même escalier. D'autres images surgissent dans ce déroulement sans découpage : des soirées dans l'appartement de Jean-Paul, à boire et à divaguer, puis une longue promenade de nuit entre la rue Saint-Marc et mon appartement, sous la première rafale de neige de l'hiver. Je me vois avancer dans la neige comme en pleine steppe. Chaque hiver d'ailleurs, Montréal perd son caractère de ville et redevient un avant-poste du Grand Nord.

Rien ne me relie tant à mon enfance que la neige. À cause d'elle, les rues encombrées redeviennent un vaste parc où je voudrais encore jouer. J'aime la neige abondante, enveloppante et qui dérange tout. La première tempête de l'hiver marque un arrêt dans les vies, une plongée sublime dans le cosmos.

Cette nuit de décembre, je suis revenu à pied jusque chez moi. Je ne me souviens plus de la date, avec raison d'ailleurs ; quelques jours plus tôt, le 28 novembre, nous étions dans la chambre du Windsor, il y a donc un an car ce matin j'ai vu sur le calendrier de l'Imprimerie Desmarais, dans la salle de rédaction, vendredi le 27 novembre 1959. Je suis sorti de chez Jean-Paul vers deux heures du matin alors que commençait de tomber la première neige de l'hiver, celle que les enfants ont touchée avec émerveillement le matin suivant.

Après le départ de Madeleine, je me suis calé dans le scotch des Indes pour oublier mon désarroi. Puis, dans le but d'étonner Jean-Paul, j'ai défait le lit et j'ai froissé les draps savamment pour établir un alibi de mon succès. Quand il est rentré vers onze heures, tel que convenu, il a affirmé avec dégoût que l'odeur du sperme embaumait les lieux !

Nous nous sommes assis, moi près de la fenêtre dans le fauteuil, lui sur le divan. Nous avions repris nos places, car ce n'était pas la première fois que je le voyais assis sur son socle comme un bouddha marmoréen. Son regard fixé sur moi ne me disait rien de précis. Amitié, moquerie, ennui, désespoir, orgueil pétrifiaient simultanément ses traits.

— Elle baise bien au moins ? me demanda-t-il.

J'installai une pile de disques sur le pick-up, sans lui répondre. Je cherchais en vain à déplier son visage pour y voir clair. Il était couvert de symboles contradictoires.

— Et Nathalie, tu la revois encore ?

— Non...

— Bourreau, va.

— Nathalie, tu sais..., et je fis un geste de la main pour signifier mon détachement.

— Moi, je l'aimais.

J'éclatai d'un grand rire devant l'énormité de la confession. Pour une blague, c'est une blague, ai-je sans doute pensé.

— Comment ! Tu ne me crois pas ?

— Non Jean-Paul, mais si cela peut te consoler, je te trouve drôle.

Il affecta sur le coup une telle douleur que je faillis, soudain, être pris au piège. L'alcool endommageait sérieusement ma lucidité, mais pas au point que je tombe dans un panneau aussi grossier.

— Imagine mon supplice, René. Tu venais la baiser dans mon lit, car tu n'avais pas d'appartement...

— Tu n'avais qu'à ne pas m'offrir le tien !

— Un soir vous avez passé toute la nuit à faire l'amour dans mon lit, pendant que je couchais sur le divan du salon. C'était le carnaval pour vous deux... Puis, au milieu de la nuit, quand tout est devenu calme de votre côté, j'ai entrouvert la porte de la chambre et je vous ai regardés tous les deux, enlacés et nus comme des vers !

— Vicieux. Ça ne m'étonnerait pas que tu regardes ta voisine d'en face, avec des jumelles... Tu es un voyeur, ça se soigne, tu sais, les manies sexuelles !

— J'étais jaloux...

— Ne me fais pas marcher Jean-Paul. Toi jaloux ? Quand les femmes viennent se jeter à tes pieds, tu les refuses.

— Nathalie, c'était différent. Tu ne peux donc pas comprendre ?

Jean-Paul me fixait de ses yeux glauques où pointait je ne sais quoi d'affligé. Toute cette histoire à propos de Nathalie relevait, c'est sûr, de la pure invention. Et pour Jean-Paul, cet épisode n'était qu'une façon, entre mille autres, de relancer la conversation qui, depuis un mois ou deux, était devenue de plus en plus impraticable entre nous.

À cause de Jean-Paul, j'ai gâché ma vie. Avec le recul d'un an, cela m'apparaît clairement ce soir. Le gâchis est un fait, sa cause n'en est pas moins probante. Du collège à l'université, puis plus tard au *Canadien*, j'ai suivi Jean-Paul. J'étais devenu son ombre, presque sa doublure. La première fois que j'ai cru lui échapper, c'est en Europe. À Langeais, à Chinon, à La Rochelle, j'ai passé mes premières soirées en paix, sans son al-cool et loin de son humour éventé. Oui, je savourais alors un faux triomphe, car après les cinq semaines de ce voyage thérapeutique, une fois de retour à Montréal, j'ai remis les pieds dans sa salle de rédaction, j'ai écrit pour lui chaque jour, sous son égide, presque sous sa dictée. Je suis vite redevenu l'ombre infatigable qui ne laisse jamais son maître d'un pas, l'ombre discrète qui rase le sol toujours couchée, parallèle aux morts.

Un soir d'automne en 1958, j'ai aperçu Madeleine et j'ai rêvé à nouveau de vivre, j'ai inventé Rambouillet comme d'autres le ciel et des tapis marocains qui ne valent pas plus cher que les tapis magiques de mon enfance. C'est Jean-Paul qui a renversé la décision du comité de rédaction au sujet de ma candidature pour Paris. C'est lui qui m'a boycotté, au dernier moment. Je ne lui pardonnerai jamais, non plus que je peux lui pardonner sa fausse amitié !

— Ce qui me plaisait moins chez Nathalie, si tu me permets d'exprimer mes goûts personnels, mon cher René, c'était ses seins...

— Ah ! tais-toi Jean-Paul...

— Puisque je te dis que je vous ai vus complètement nus. Mets-toi à ma place : je me suis rincé l'oeil...

— ... comme un maniaque, oui !

— Voilà où tu te trompes, j'aimais déjà Nathalie.

— Farceur, lui dis-je, tu serais le Christ en personne redescendu sur terre, que je serais incapable de te prendre au sérieux !

— Et son ventre, un peu redondant selon moi. Veux-tu que je te le décrive dans le détail, je m'en souviens... C'est vrai qu'elle était enceinte cette nuit où je vous ai regardés... C'était bien à cette époque, n'est-ce pas ?

— Je ne sais pas.

— Si toi tu ne le sais plus, qui le saurait ?

— Laisse tomber, Jean-Paul. C'est obscène à la fin.

— Pauvre Nathalie...

Jean-Paul, les yeux dans le scotch, me regardait d'un air souriant. Des reflets dorés illuminaient ses cheveux fuyants. Je détaillais sur son front le grain de la peau qui était mis en relief par la lumière. Une fois de plus, je perdais pied dans cette épreuve du silence :

— Dis-moi Jean-Paul, cette histoire de promotion dont tu m'avais parlé...

— Fiche-moi la paix avec la promotion, me dit-il, parle-moi de Nathalie plutôt. Tiens, raconte-moi son avortement...

— Tais-toi !

J'avais crié malgré moi.

— Ne fais pas ton pharisien. Elle a avorté, oui ou non ? Et l'enfant, c'est un euphémisme d'appeler cela un enfant, n'était-il pas de toi ?

Je me renfrognais dans un silence hostile.

— Dis-moi René, tu n'as jamais eu l'idée de taper un bon article sur l'avortement ? On l'intitulerait — Ah ! je vois très bien le titre sur trois colonnes en méga-romains — : « J'ai vécu l'avortement de ma maîtresse, de notre envoyé spécial René Lallemant... »

Il s'interrompit pour rire tout seul de son bel esprit.

— Tiens, j'ai trouvé mieux comme titre. Cela sonne plus audacieux, plus frappé : « De l'avortement considéré comme un des beaux-arts, par le grand spécialiste René... »

Jean-Paul n'eut pas le temps de prononcer mon nom qu'il reçut le scotch de mon verre en plein visage. Il s'essuya vivement les yeux et, me regardant à nouveau, il éclata d'un grand rire sonore. Je restai immobile devant lui, étonné de ma propre fureur. Puis, il s'épongea le visage et se passa la main dans les cheveux. Je m'assis à côté de lui sur le divan.

— Pardonne-moi, lui dis-je, j'ai sans doute trop bu.

Devant son silence obstiné, je me levai pour partir.

— C'est cela René, va-t'en. Voilà ta meilleure arme. Je ne connais personne qui sache fuir aussi bien que toi. Depuis que je te connais, tu regardes toujours la porte et tu ne sais que partir à contretemps. Pour une fois, ton départ est bien synchronisé. Profites-en, sauve-toi vite. Va, qu'est-ce que tu attends ?

— Je suis sincèrement navré pour ma bêtise de tout à l'heure, dis-je encore.

— Il n'y a pas de quoi. C'est à moi de regretter... Je veux dire que je regrette d'avoir payé de ma poche l'avortement de Nathalie.

— J'ai promis de te rembourser, tu le sais bien.

— Contente-toi de m'épargner la facture du prochain, si par malheur ta maîtresse actuelle...

Jean-Paul jeta un coup d'oeil à la chambre en signe de rappel.

— Qu'est-ce que tu attends pour partir ? C'est le moment ou jamais, continua-t-il avec moquerie, car tu as le dessus. C'est moi qui insulte ce soir. Quelle aubaine pour toi ; tu peux partir outragé.

Je me dirigeai vers le portique. Quand je fus rendu près de la porte, Jean-Paul me prit par le bras et me dit :

— Pardonne-moi René, il faut bien que je t'avoue que j'ai couché avec Nathalie...

Il ajouta, après avoir vérifié l'effet de ses paroles sur moi :

— J'ai pensé que je pouvais te dire cela ce soir, puisque tu as abandonné Nathalie et que, depuis cet après-midi même et encore une fois dans mon lit, une autre femme est entrée dans ta vie !

Dehors, il neigeait.

C'était la première neige de la saison, celle qui métamorphose la vie des enfants et dans laquelle j'imprimais la trace de mes pas, premières souillures de la nuit. De la rue Saint-Marc à la rue Durocher, tout paraissait sublimé par la neige. Je marchais lentement, drapé dans mon nouvel hiver, en songeant aux dernières paroles invérifiables de Jean-Paul. Je me détachais à la fois de Jean-Paul et de Nathalie et j'unissais leurs deux noms, comme avaient été unis leurs corps infidèles, dans un dernier blasphème adressé à mon passé. J'avançais vers Madeleine avec un terrible sentiment d'indignité, certain cependant qu'elle m'en dépouillerait sans peine, comme la neige incessante recouvrait la marque de mes pas derrière moi.

À peine un an s'est écoulé depuis cette nuit chez Jean-Paul, et nous n'avons pas prononcé un seul mot qui n'ait pas confirmé de façon toujours plus claire la fin d'une amitié. Même ces derniers temps où mon intérêt au journal m'a contraint de feindre un retour à lui, tout sonnait faux. Un ennemi ne peut mieux se déguiser en ami que Jean-Paul ne l'a fait avec moi. Maintenant, seule la haine nous réunit encore et discrédite, par son apparition tardive, tout ce qui l'a précédée.

À peine ai-je dit cela que je ne ressens plus ma haine. Jean-Paul glisse vertigineusement loin de moi. C'est à son tour de fuir. En vérité, c'est moi qui ai perdu contact avec le dehors. Je n'accède plus à la haine, ni au désir. Je sécrète prématurément mon propre linceul qui me protège de tout regret et m'isole de la vie. Adieu Jean-Paul, adieu Nathalie, adieu Madeleine...

Non, pas Madeleine ! Je viens tout juste de lui dire au revoir sur le seuil de cette chambre et, dans quelques heures, elle y reviendra avant de rentrer à son domicile pour la nuit, rendez-vous fuyant comme tous ceux qui l'ont précédé. Madeleine a passé dans mes bras quelques heures, quelques minutes, un moment, une fin d'après-midi, un début de soirée et elle me répétait à chaque fois : « Si seulement nous avions le temps avec nous, mon amour... » Ces quelques mots de regret coïncidaient infailliblement avec son départ.

Nos rendez-vous devaient lui paraître des excursions, j'allais penser, mais sans intention méchante : des passades hors du réel, tandis que pour moi ils constituaient la seule réalité, hélas ! trop souvent interrompue par des plongées dans le cauchemar de la salle de rédaction. Ma vraie vie s'est déroulée dans les chambres vertes ou grises du Laurentien, de préférence au-dessus du douzième étage, ce qui établissait une distance avec la réalité d'en bas que j'apercevais de la fenêtre, que je dominais du haut de ma tour... La vraie vie est interdite et se célèbre en lieu clos comme une messe noire.

Un jour, Madeleine m'a demandé de ne pas nous voir dans une chambre, parce qu'il nous restait trop peu de temps et qu'elle craignait la douleur de la séparation brusque après l'amour. Je lui ai répondu que l'étreinte fugitive, donc la plus sevrante, vaut la peine d'être vécue. Depuis, elle est si bien dressée à l'avidité que tout à l'heure elle reviendra, l'espace d'un retard justifiable, chercher en vain quelques minutes privilégiées. Toute convulsion vaut mieux que l'ennui.

Ah ! que le temps passait bien, l'été dernier, vers le 15 août, dans cette chambre verte de l'hôtel Queen's. J'avais choisi exceptionnellement cet hôtel pour éviter tout risque d'être repéré par le commis du Laurentien qui m'avait vu deux fois la même semaine et aurait pu justement s'étonner de la fréquence de mes voyages d'affaires. Tout était favorable ce matin-là. Le mari de Madeleine, un complice n'eût pas été plus obligeant, faisait une tournée d'affaires en Abitibi. J'ai couru d'abord à la Commission des Liqueurs de la rue de la Montagne chercher un Nuits-Saint-Georges, puis Aux Délices acheter du pâté de foie truffé, un Boursault et deux baklavas. J'ai repris mon auto, stationnée tout près, et, deux minutes plus tard, je faisais mon entrée au Queen's avec ma serviette de cuir gonflée comme celle des vrais commis voyageurs. Je me suis soumis gracieusement aux rites : inscription, faux nom, pourboires, familiarités anodines, puis enfin, on m'a ouvert la chambre 416, basse, insonore et obscure comme une crypte. Par téléphone, j'ai donné en le répétant deux fois le numéro de la chambre à Madeleine, et vingt minutes plus tard, j'étais lavé, purifié, maître de moi-même. Madeleine est arrivée. Elle s'est assise sur le bord du lit en me regardant avec douceur. J'ai vu qu'elle ne portait pas de bas et j'ai posé ma main sur son genou nu. Après, nous nous sommes embrassés avec plus de plaisir que nous n'en avions jamais éprouvé, et nous avons glissé sur le lit comme on s'étend dans l'herbe.

Ce corps qui me portait avec joie n'avait plus d'âge. Nous étions unis majestueusement, alors qu'il était midi dans toute la création, comme deux amants neufs, fraîchement jaillis du limon. J'ai aimé les jambes fraîches de Madeleine qui coulaient comme deux ruisseaux rapides et tout son corps, montagne dont je suis devenu le sommet brûlant et la lave finale...

Cet instant se répercute dans ma mémoire et y bouscule rétrospectivement l'ordre de cette journée d'amour qui s'est terminée vers minuit dans mon auto. Il y a pourtant eu d'autres étapes après ce début glorieux : le déjeuner sur le lit avec le drap en guise de nappe, la sieste se muant en désir, la chaleur envahissante de la chambre vers la fin de l'après-midi, la randonnée en auto à l'île Bizard, le dîner loquace au Petit Robinson. Madeleine m'a dit, les yeux en larmes, mais il était difficile de s'en apercevoir dans la noirceur tombante qui nous cachait même la rivière des Prairies, à deux pas de nous :

— Tu ne me pardonnes pas de t'aimer comme je t'aime. Toute ma vie, je t'ai attendu, René. Je savais bien, comme si je l'avais lu dans mon horoscope, que je ne pouvais mourir sans avoir connu ce que nous vivons ensemble. Je m'abandonne à toi, et tu m'en veux, on dirait. De quoi suis-je coupable envers toi sinon de t'aimer plus que ma propre vie, plus que mes enfants même, par-dessus tout, et toi seul, René, toi seul ?... Pourquoi me blesser au moment même où je ne m'appartiens plus tellement je suis à toi ? Tu es injuste, René, injuste comme tu l'as été une autre fois avec moi, un après-midi de l'hiver dernier, à l'hôtel LaSalle...

Mon Dieu, je vendrais bien cet épilogue pour recommencer encore une fois l'étreinte parfaite de ce matin d'août. C'était un avant-midi déjà irisé à l'annonce d'une journée très chaude. Tout le monde sait que cet été 1959 a été proprement invivable à Montréal. Pourtant ce jour-là, à cause d'une baisse d'humidité, le soleil éclatant de onze heures m'était bienfaisant. Du fond de mon mois de novembre, ce soleil perdu me hante, ce soir, comme un astre fictif et colore mon souvenir plus qu'il ne brillait à cette heure inusitée du matin où j'ai traversé d'un trait le hall de l'hôtel Queen's. J'ai affecté une assurance presque agressive, en présence du commis de la réception, pour simuler l'air blasé de celui qui prend une chambre comme on prend le train. Dès qu'on m'a introduit dans cette chambre 416, tout me devint aphrodisiaque. Les murs couleur d'herbe tendre m'étreignaient, au rythme de ma respiration, comme un grand sphincter. Le téléphone à Madeleine, les bains empressés devant le miroir, l'attente, tout ce rituel préalable annonçait une visitation divine. Madeleine a poussé elle-même la porte que j'avais entrouverte à dessein. Son regard très doux me disait qu'elle aussi avait langui. Quelques secondes plus tard, le temps de fermer la porte à double tour, j'ai vérifié sur ses lèvres son attente et son désir. Jamais Madeleine n'avait été aussi resplendissante. Son visage délicat, anciennement ridé, m'apparaissait soudain plus beau que l'image que j'en avais gardée. Son corps frêle s'était transfiguré.

Quand donc ai-je posé ma main possédante sur son genou et senti sous ma paume sa peau nue ? Ce toucher enfantin a été magique et ce qui a suivi, baisers, caresses, mise à nu, s'est déroulé sous l'effet de cette première communion. Le corps de Madeleine s'est offert à moi sous une forme antérieure et pure...

Ma mémoire hésite. Le plaisir ne s'évoque pas sans douleur. Où est l'extase ? Dans cette agonie frémissante qui a débouché sur une mort semblable à toutes les morts, ou bien, au début de tout, dans ce court instant où j'ai glissé en son corps comme un navire en détresse. Voilà ! Le plaisir, ce fut cette lente noyade dans le ventre de Madeleine, ma glissade éperdue dans ce firmament liquide...

Revivre est un leurre. La mémoire me reconduit jusqu'à l'extase et m'en prive. Ah ! je revois bien le sourire de Madeleine qui s'offrait à moi comme un reflet de ma joie, je me souviens des entrelacs que dessinaient nos bras et nos jambes réunis, je peux même imaginer que, tandis que le soleil de midi flambe, je descends à nouveau dans cette nuit totale sans astre et sans aurore, enfermée dans un ventre blanc. C'est là, dans ce court espace charnel, que j'ai été heureux ce jour-là, avant que mon corps n'éclate, au moment où j'étais au midi de ma course comme un soleil encore invaincu. Le reste, tout le reste est gâchis...

— Je l'ai rencontré une seule fois, oui, c'était au bar de l'hôtel Mont-Royal. J'aimais sa conversation, rien de plus, crois-moi, René. À vrai dire, c'était le seul homme intéressant de notre groupe. Il ne s'est rien passé, je te jure...

J'étais incapable de manger la coquille Saint-Jacques que le garçon du Petit Robinson m'avait servie.

— Allons René, ne soit pas triste à cause de cela. Je t'assure que rien n'est arrivé. D'ailleurs c'était un grand ami de Charles...

— Quel est son nom ?

— À quoi bon ? Tu ne le connais pas, tu ne le verras jamais, et puis, il n'existe pas, il n'a jamais existé... Cessons de parler de lui, veux-tu ?

Madeleine prit ma main d'un geste amoureux.

— Pourquoi me tourmentes-tu ainsi, René ? Pourquoi m'obliges-tu à parler de cela qui n'a plus la moindre importance, qui n'en a jamais eue ? Ce qui me fait le plus de peine... c'est de penser que tu as imaginé que j'avais trompé mon mari avant de te connaître. Voilà que je te jure que non, et tu sembles déçu.

— Déçu ?

— Ou bien tu ne me crois pas, et cela est bien pire. Que faut-il que je te dise pour que tu aies confiance en moi ? Ne t'ai-je pas prouvé mon amour ce matin, souviens-toi, René. Étais-tu heureux, toi ? Dis-moi au moins si tu as aimé mes caresses, dis-moi vite, car vois-tu je suis inquiète, je me demande sans cesse si je sais t'aimer comme tu le désires... Mon amour, regarde-moi. Ton regard me fuit toujours, pourquoi ? Tu es choqué peut-être que je parle de nos rencontres et que le mot caresses effleure mes lèvres. Dans ce cas, pardonne-moi tout de suite. Allons, je te défends d'être triste. Je n'ai jamais aimé avant de te rencontrer. Je suis à toi, René.

— Je veux savoir le nom de cet homme que tu as rencontré dans le bar du Mont-Royal, et qui te plaisait tant et avec qui...

Je ne connaîtrai jamais ce nom, mais j'ai réussi à faire pleurer Madeleine devant son dîner refroidi, alors que l'histoire de notre journée commandait une autre conclusion que cet interrogatoire sans résultat. Que m'importe en ce moment le nom de cet individu qu'elle écoutait parler brillamment dans un bar, deux ans après son mariage, et qu'elle devait contempler de son regard ébloui.

Dans l'auto, j'ai demandé pardon à Madeleine et j'ai fait tout pour la consoler. On demande pardon quand tout est gâché et que cette absolution tardive ne peut plus rien réparer. J'ai laissé Madeleine à un poste de taxis, sur le chemin de la Côte-des-Neiges, et je suis revenu rue Durocher en conduisant mon auto comme un somnambule, encore envoûté par cet inconnu avec qui elle avait peut-être couché et dont je me faisais une image qui était la contrepartie en force et en séduction de mon propre ego. Si Madeleine avait trompé son mari, il est bien évident, me répétai-je, qu'elle avait toutes raisons de ne pas me l'avouer. Tout se tenait dans mon esprit chancelant. De plus, si elle avait couché une fois avec l'inconnu, j'étais autorisé à déduire presque scientifiquement qu'elle avait recommencé par la suite, sous la seule réserve que son partenaire ait trouvé la mort. Je glissais follement sur la pente du doute méthodique. Chaque apparence de vérité devenait apparence de duperie. Les protestations d'amour de Madeleine, ses caresses trop habiles du matin me hantaient comme autant d'indices à double sens.

51

Je suis de la même race que les limiers d'Erle Stanley Gardner. Je fais tout répéter deux fois. Je recommence l'interrogatoire jusqu'à ce qu'on m'affirme deux fois chaque chose et que, à cause même de cette répétition, je n'y croie plus. Je conduis ma vie comme une enquête sur meurtre. Je n'ai qu'une passion, c'est de voir, oui tout voir, c'est-à-dire, au fond, violer, salir peut-être. Il me semble, dans mon désenchantement actuel, que je me suis acharné à voir une seule chose, sous toutes les apparences, à chercher une seule et même faute et à la faire avouer à son auteur jusqu'à ce que j'en porte moi-même le poids et la marque indélébile. Tant d'acharnement dissimule peut-être une complaisance pathologique. Tous les policiers, je n'en ai connus que dans les romans du genre, sont en mal de revivre une faute inavouable et, pour cela, ils contraignent le premier venu, un suspect, mais qui ne l'est pas ?, à la leur décrire dans le détail. Ils poursuivent les reflets d'un crime dont l'archétype dort au fond de leur conscience. Le dîner à l'île Bizard préfigurait mon réquisitoire final. Le justicier de ce soir-là n'a pas eu à changer d'identité pour devenir le coupable à qui je ressemble, dans ce cachot dont je possède la clef.

Les sarcelles, les passereaux, les oies sauvages, tout ce qui migre a fui le mois des morts. Moi, je reste. Je ne m'envole plus à l'approche du froid. L'évasion saisonnière se résorbe en moi une fois pour toutes. Je ne veux plus recommencer. La transmigration est la quête vaine d'une terre promise, un déplacement inutile vers des saisons pareilles. Les mauves peuvent bien renaître auprès des sycomores de Virginie, moi je ne veux plus partir avec le vent froid du nord à la recherche d'une autre vie. Toute migration me ramènerait à des chambres d'hôtel, déjà visitées : celle où, il y a huit jours, j'ai dévoilé ma propre mort étendue sur un lit d'amour, la chambre grise de l'hôtel Mont-Royal où j'ai pleuré sans raison, sinon que les murs de cette chambre étaient de la même couleur que ceux de la chambre de mes parents, dans notre logis de la rue Christophe-Colomb ; et aussi, la chambre que nous avions à l'hôtel LaSalle... Dans cet alvéole mal éclairé, situé à flanc de rue, j'ai vécu les dernières heures d'un après-midi de février. Dehors, il faisait un froid glacial... Renaître signifierait retourner dans ce souterrain dont je suis sorti, vers sept heures, vaincu, conscient.

Nous n'avions presque pas parlé, oh ! quelques mots à peine. L'essentiel ne fut pas désigné. Ma défaite était sans nom. Ce silence d'ailleurs rendait plus insupportable mon affaissement, car les mots, quand ils vinrent quelques semaines plus tard, avec le printemps, m'ont apporté une réelle délivrance.

À nos premiers rendez-vous, j'arrivais toujours prédisposé. Je m'imposais à moi-même des rites d'initiation semblables au jeûne et à toutes les précautions de l'anastase liturgique qui doit amener graduellement le prêtre à la sainte communion. Ce jour sombre de février, j'étais comme un archidiacre imbu de son Sauveur, tout imprégné en pensée de l'office que j'allais célébrer et dont j'attendais la joie, la paix qui avaient été si cruellement disputées à nos rencontres précédentes...

Madeleine se présenta à la chambre, très pâle dans son superbe manteau noir bordé de vison. Son regard traqué me donna mauvaise conscience.

— Il ne faut jamais plus revenir dans cet hôtel, René, me dit-elle d'abord. À quoi as-tu pensé ? J'aurais très bien pu croiser dans le hall Charles ou l'un de ses amis... Charles vient déjeuner ici très souvent.

Je m'empressai de lui servir un verre du Meursault que j'avais facilement frappé entre les deux vitres de la fenêtre. Madeleine en but un peu. Je me suis agenouillé pour lui enlever ses bottillons de suède. Ainsi prosterné, je la voyais accablée par son âge. Ses yeux, posés sur moi sans même qu'un mouvement des traits ne vint en préciser l'expression, me gênaient. Plus je détaillais ainsi les signes de son âme, plus je me sentais éloigné d'elle et confronté soudain avec le silence et les traits fatigués d'un dieu inconnu qui me jugeait doucement et dont la seule présence corporelle, profanée par mon désir, me condamnait à la pureté.

Assis près d'elle sur le lit, j'embrassai son visage, sa nuque. Madeleine se laissait investir par mes baisers, mais sans goût. Par fatalisme, qui sait ? Elle se disait peut-être qu'ayant franchi la porte de la chambre, tout ce qui s'ensuivrait s'inscrivait dans la logique des actes. J'ai mis du temps à comprendre ce côté abandonné de son caractère. Jusqu'à ce soir, d'ailleurs, j'ai payé très cher cette chère révélation. Dans les premiers mois de l'hiver, j'avais cru que Madeleine voulait tout de sa propre vie. Cette initiative que je lui prêtais flattait mon orgueil, car je m'imaginais choisi. Mais la vérité est sans doute que Madeleine s'était laissée aller à ce que j'appelais un choix, parce qu'elle-même

54

n'imaginait pas de résister à la gloire d'être élue. Il est aussi possible, je dois en convenir, que sa passivité, dont le concept m'a fait souffrir, ne soit qu'une invention de mon esprit désolé et que je lui aie attribué, par transfert me dirait le docteur Rhéaume, le défaut de mon âme. Tandis que je m'inquiétais des pensées de Madeleine et de son silence, elle se détacha brusquement de mes bras pour s'enfermer dans la salle de bains. Au bout de quelques minutes, elle en revint livide, chancelante après avoir vomi. Elle dormit un peu, d'épuisement, étendue sur le lit tout près de moi. Je l'embrassai doucement dans le cou et, par mes caresses, je dégrafai sa robe et son jupon. Elle faisait la morte. Moi, je ne pensais qu'à la rendre heureuse malgré son extrême lassitude.

Son corps m'apparut enfin tel qu'en lui-même, sous son vrai visage fugitif de pitié. J'ai baisé son plexus solaire ; puis j'ai roulé ma tête sur son ventre chaud et tendre. Là, j'ai vu ce que c'était que des vergetures. J'ai embrassé ces adorables cicatrices comme autant de bouches silencieuses, comme autant d'échappées virtuelles hors du ventre. Je suis descendu lentement ainsi, le long de ce paysage blessé, et malgré les efforts de Madeleine pour m'en empêcher, vers la bouche antique...

Elle pleurait pendant que je tentais de faire résonner de plénitude son corps maigre, et plus elle pleurait, plus je voulais racheter ses larmes par un plaisir inconnu d'elle encore, exotique !

— René, ne me laisse pas, reviens mon amour...

J'étais parti. Je la tenais captive de mon baiser.

— René, viens en moi, René...

J'étais grisé, sourd, résumé à l'emprise de mes lèvres. Je désirais son éblouissement, plus que ma propre épiphanie. J'étais injuste, je le sais, malhonnête puisque je trichais, mais je me sentais condamné à cette imposture. J'expiais ainsi d'avoir flétri son corps que j'étais incapable d'aimer pour sa propre substance.

Mon baiser se modelait sur son objet mouvant et, comme par l'effet d'une transfusion, je devins blessé mystérieusement à l'image du corps de mère sur lequel je m'étais jeté comme un enfant qui remonte la fuite du temps, vers cette bague noire d'où s'échappe et où retourne tout homme. Chaque étreinte est un retour, mais le retour est impossible, de la même façon qu'il est impossible à la fois de posséder et de se perdre. Ce jour-là, tandis que Madeleine se gonflait seule et que je lisais avidement sur son ventre les érosions du temps, je me suis perdu. Après son cri unique, je dormis un peu la tête au creux de son ventre par où je suis venu au monde. Après des années ou des secondes d'amnésie, j'ouvris les yeux et me retrou-vai enlacé par deux cuisses magnifiquement dessinées, comme si Madeleine, après m'avoir éjecté de la nuit de son corps, me retenait encore dans son étreinte pour me protéger de la lumière. Nous étions nus tous deux, liés désormais par un malentendu vital.

D'autres rencontres plus heureuses se sont superposées, dans ma mémoire, à cette étrange nativité jusqu'à m'en faire oublier le sens, mais ce soir, tandis que j'agonise, je retrouve intacte en moi cette froide journée de février et la neige immanente qui tombait dans mon sang et le glaçait. Entre cette fin d'hiver et celui qui s'annonce, il y eut un seul été, solstice rayonnant dont je m'éloigne chaque jour pour m'approcher de son frère funèbre.

Madeleine pleura longtemps après l'éclosion de son plaisir. Nous ne nous sommes jamais expliqués sur ce corps à corps auquel je l'ai forcée, dans l'ombre. Aucune excuse ne peut me décharger de ma honte, pour la simple raison que cela, je dois l'avouer, fut un plaisir pour moi encore plus qu'un accident et que mon geste, ce long baiser humilié, je le préparais en moi depuis mon enfance. Qui n'a pas connu la randonnée nocturne d'un seul baiser dément, ni la gloire de vénérer la source de toute race, connaît-il l'amour ?

Sorti de l'hôtel LaSalle, je marchai dans la neige de mon enfance qui n'a jamais cessé de descendre doucement sur toute ma vie, neige nouvelle conforme d'année en année à son exemplaire déposé un jour au fond de ma rétine...

Toutefois, je n'ai jamais tant regardé la neige qu'au mois de janvier 1955 alors que, immobile pendant des heures devant ma fenêtre, j'ai contemplé sa chute sur les admirables jardins clos de l'Institut Prévost.

Jusqu'à quelle heure, dans cette première nuit à l'Institut, suis-je demeuré stupéfait devant cette neige quasi immobile qui, par sa chute même, me procurait l'illusion que ma chambre montait ? Tout gravitait autour de moi. J'étais cloué à mon corps. La maladie à dénomination latine qui m'avait « mérité » l'internement, pesait de façon égale et simultanée sur tous les points de mon corps et le transformait en une statue funéraire. Ce phénomène nouveau s'était manifesté à quelques reprises, dans les jours précédents, et même une fois en pleine salle de rédaction, alors que j'étais au beau milieu d'un article. La phrase inachevée que je lisais sur ma copie ne me disait plus rien. Je dus rester longtemps figé devant cette phrase sans verbe, ne ressentant rien d'autre qu'une incontrôlable fatigue. C'est Jean-Paul qui vint à mon secours et me ramena chez mes parents.

Le lendemain, le réveil me fut plus pénible qu'à un mort de se déterrer. Je ne ressentais plus rien. J'avais toutes les peines du monde à activer mes membres engourdis. Pendant cette journée, j'ai erré dans la maison comme un fantôme, incapable de tenir la moindre conversation avec maman. Tout semblait atteint en moi, sauf ma bouche, muette il est vrai, mais étrangement vivace. Je suçais mon propre palais, je l'explorais sans répit, je le caressais de mille façons : ce qui me restait d'existence frissonnait dans les muqueuses de ma bouche close.

Puis, mon père revint du bureau après sa journée. Mais j'étais trop absorbé par ma propre solidification pour suivre ses agissements. Je le vis bien rôder autour de moi, puis soudain me tendre, les larmes aux yeux, mon paletot quand deux inconnus se présentèrent à la porte de notre maison.

Quelques heures plus tard, j'étais planté devant la grille de ma fenêtre, sentinelle au garde-à-vous en pleine nuit mentale. Mon corps s'était durci. Aucune sensation physique ne perçait sa cuirasse. J'étais statue de sel, comme cette femme qui s'était retournée vers son passé. Mes cellules vivantes s'étaient cristallisées en flocons de sel. Femme de Loth, je ne bougeais plus, j'étais capté sur le vif, en flagrant délit de regarder Sodome en flammes. Condamné à un seul souvenir, comme ma partenaire biblique, je revoyais éternellement mon père me tendre mon paletot pour que je parte. La répétition de cette scène m'emplissait d'une angoisse qui aggravait, me semblait-il, l'inertie de mon corps. Mes bras étaient devenus deux branches mortes, ma poitrine une cuve d'étain, mon corps entier une chose inanimée comme il n'y en a pas une seule, m'a dit plus tard le docteur Rhéaume, dans toute la création. D'après lui, les roches mêmes seraient animées ; mais moi, ce jour-là, j'avais réussi à confisquer mon âme. Je m'étais coagulé comme le sang refroidi, j'étais devenu un grand caillot plus dur et plus insensible que le parapet de ciment où j'irai fracasser mon auto tout à l'heure...

Car il est temps que je parte. Cette récollection tardive est un piège ultime de ma faiblesse et me rapproche, ne serait-ce que par les mirages de la mémoire, de ce que je veux quitter à tout prix, cette nuit même. Je ne veux retourner nulle part en arrière, ni même remettre les pieds une fois de plus à l'Institut Prévost dont je suis sorti guéri en mars 1955, après quoi je suis parti pour l'Europe, en congé de maladie, faire des cercles autour de la forêt de Rambouillet. Finie l'insuline hebdomadaire, finis les électrochocs que l'infirmier prenait un plaisir vicieux à m'infliger pour me punir, mais de quoi ? Je ne verrai jamais plus bourgeonner le chêne grandiose près du mur de pierre de l'Institut. Pourtant cet arbre, j'aimerais le revoir encore, m'appuyer contre lui, l'étreindre d'amour, car je l'ai aimé. Chaque matin, après m'être levé, je regardais par la fenêtre pour voir si mon arbre était encore là. J'aurais aimé mourir à ses pieds, me coucher sur ses racines et devenir feuillage au printemps. Ah ! si seulement cet arbre avait grandi quelque part en bordure d'une route, dans une courbe de préférence, je me dirigerais vers lui à toute allure dans mon auto et, en le blessant au flanc, je me tuerais. Mais qui me dit qu'il ne mourrait pas de toutes les banderilles d'acier que j'aurais plantées dans son échine ?

Il vivra plutôt. D'autres patients seront éblouis par sa beauté. Il poussera ses grandes branches dans des esprits malades et deviendra ainsi la seule végétation de leurs déserts.

Je me sens soudain très las. Mes souvenirs, tous ces fragments de ma vie incomplète m'accablent. J'aurais envie de m'étendre un moment en travers du lit, alors que tout me commande d'agir sans tarder. Je fléchis, quand justement j'ai besoin de toute ma lucidité... Une benzédrine m'aiderait, hélas ! je n'en ai pas. Qui m'en donnerait ? Jean-Paul oui, mais je ne me vois pas frapper à sa porte une dernière fois pour quêter de quoi réussir mon suicide. D'ailleurs, rien n'est plus traître qu'une benzédrine, car ce cachet rose me procurerait une euphorie biochimique, un reflux d'énergie. Cela veut dire que j'assisterais malgré moi à la naissance fatale d'un désir. Et tout désir, même celui de parler, est un désir de vivre. Au fond, je me tricherais moi-même : ce succédané de vitalité dont je serais le lieu pendant les quatre ou cinq heures d'action du médicament, ne serait que mensonge ! Je m'accorderais un sursis, quand je sais que ma raison est faite et qu'il ne subsiste pas d'autre désir en moi que celui de la mort. La vie s'échappe progressivement de mon corps et mon refroidissement futur empiète déjà sur ma température organique. Je suis prêt.

Je n'éprouve plus rien, je sombre lentement dans l'inexistence. Mon corps est un souvenir, mon visage le moule impatient d'un masque mortuaire. La volupté, qu'est-ce que c'est ? J'ai désappris l'extase et sa venue éblouissante à travers les canaux secrets du sexe. Je ne connais plus rien, sinon l'endroit où j'ai stationné mon auto sur la rue Stanley, la façon de l'actionner et la route qui, par le pont Honoré-Mercier, va en droite ligne jusqu'à Beauharnois. Ce que je redoute le plus, en ce moment, c'est le sommeil. Il me semble que je n'aurais qu'à m'étendre sous les draps pour dormir instantanément d'un sommeil parfait...

Je n'ai pas passé une seule nuit complète avec Madeleine. Je ne me suis pas éveillé à ses côtés, dans son lit, après des heures et des heures d'un sommeil voluptueux. Je ne connais pas non plus les caresses du matin, les plus belles, je croirais, car elles surviennent après l'hypnose du corps, comme la première floraison d'avril. Ah ! qu'il serait doux de perdre conscience comme, au milieu de ce merveilleux hiver 1955, je me suis éclipsé moi-même. J'étais heureux dans ma chambre étroite de l'Institut Prévost. Chaque soir, avant de me glisser nu entre les draps, j'éteignais dans ma chambre et je regardais longuement le monde extérieur, voilé pour mon esprit comme il l'était par la noirceur. Ah ! qui me rendra mon arbre immortel ? Le verrai-je encore, cette nuit, jaillir de la route comme un buisson ardent ? J'aurais aimé, une dernière fois, m'asseoir au pied de mon arbre et pleurer...

Dix heures trente !

J'ai dormi tout ce temps. Le sommeil m'a envahi sournoisement, dans un instant de répit. Dieu merci, je me suis réveillé à temps. Autrement, c'est Madeleine qui serait venue me secouer à minuit, et que serait devenue cette rencontre sous le pouvoir de la nuit ?

Tout à l'heure, j'avançais avec Madeleine le long d'une rivière méandreuse, dans un paysage d'herbes hautes et de fleurs tumescentes. Nous avancions, la main dans la main, vers une maison en flammes...

J'allais oublier d'emporter ma valise avec moi. Ce que je suis distrait ! En tournant la clef de la porte, je laissais derrière moi cette signature qui, rendue intéressante par ma mort, aurait engendré une énigme policière. Cette fois, je vérifie bien si je n'ai rien oublié dans la chambre...

Nous marchions tous les deux près du cours d'eau, mais il me semble qu'il y avait quelqu'un d'autre dans mon rêve. Cependant, je suis incapable de reconstituer un visage, ni même d'évoquer une silhouette étrangère. Cette promenade onirique ressemblait à une fuite éperdue bien que lente. L'autre, le troisième habitant de mon paysage, c'est peut-être moi en tant que rêveur d'une fuite irréelle dont j'étais aussi l'acteur... Cette explication ne tient pas. Il y avait quelqu'un d'autre que mon double. Cette présence m'obsède encore et il me semble qu'en cherchant bien je pourrais identifier cette ombre, cachée dans les herbes touffues plus sûrement encore que derrière un rideau...

Me voici dans le hall de l'hôtel Laurentien parmi les visages familiers des grooms. Au comptoir de la caisse où je dépose nonchalamment la clef avec un pendant de plastique rouge, la femme me regarde drôlement.

— 919... Vous quittez votre chambre ce soir ?

— Oui.

— Vous vous êtes enregistré cet après-midi ?

— C'est juste.

Puis elle a pris ma fiche jaune dans un classeur et, selon la coutume de l'hôtel, m'a demandé...

— Votre nom Monsieur ?

— Jean-Paul X...

Par quelle ironie me suis-je toujours effacé derrière le nom de Jean-Paul à tous les guichets d'hôtel que j'ai visités à Montréal ? Entre tant de noms plausibles, j'ai choisi celui de mon ennemi pour aimer Madeleine. Je lui ai volé son nom pour m'éloigner de lui, et j'ai connu les seuls triomphes de ma vie sous son identité !

Bon, j'ai payé. Cela implique que la chambre 919 ne posera aucun problème à la direction du Laurentien qui pourra, dès demain, la louer à un amant qui, par hasard, utilisera peut-être mon nom comme pseudonyme. L'horloge du hall marque 10 h 35. Ah ! si je pouvais ajouter enfin un visage à ce corps invisible, étendu dans l'herbe, tout près de la rivière fuyante qui coulait dans mon sommeil...

Ce n'est plus le moment d'acheter un journal. *La Presse* titre en huit colonnes le discours de Castro, *le Canadien* en trois, et modestement, dans le milieu de la page. Je reconnais bien là Jean-Paul : tout le monde sait depuis longtemps qu'il n'a pas le sens de la nouvelle ! Mon interview du fils Wildenstein se trouve en page neuf. Voilà mon testament, le dernier épisode d'une longue suite de questionnaires.

— Dites-moi Monsieur Wildenstein, qu'est-ce qui vous a conduit à collectionner des tableaux ?

— Mon père.

— Vous attachez-vous à certaines œuvres au point de les vendre à regret ?

— Non.

— Connaissez-vous un tableau ancien, un paysage plus précisément, dans lequel deux personnages suivent le cours d'un ruisseau et où l'on aperçoit, en perspective lointaine, une maison embrasée qui enflamme tout le tableau comme un soleil névrosé ?

Mon rêve n'est peut-être que la mauvaise reproduction d'une vignette du catalogue Wildenstein, car Jean-Paul ne m'a pas payé le voyage à New York pour que je voie de mes yeux la collection, ou encore le vestige d'un tableau que j'aurais regardé distraitement il y a longtemps, dans un musée, quelque part en Europe. L'étranger que je cherche follement à reconnaître n'est pas dans le tableau lui-même, je le sens bien, mais à côté, en dehors de ce rectangle d'illusion qu'il domine en spectateur comme Jean-Paul, depuis des années, se tient à mes côtés et me fait peur !

L'auto est difficile à démarrer. Deux coups de démarreur n'y suffisent pas. Hier encore, j'ai fait changer les pointes et poser le thermostat d'hiver. À moins que ce soit la batterie qui flanche ? Tout s'use si vite. Il n'y a pas encore six mois que je possède cette Chevrolet que déjà plusieurs imperfections se sont manifestées. On ne peut se reposer sur rien ; même ce moteur, enfin allumé, n'est pas un ami sûr.

Je roule : rue Stanley, gare Windsor que je préfère regarder d'en haut par les fenêtres du Laurentien, square Dominion où je discerne les dômes Renaissance de la cathédrale... Un midi, nous nous étions réfugiés dans le portique ouest de cette sombre basilique, pour nous embrasser rapidement, appuyés sur le mur froid, inquiets, guettant le bruit des pas de celui qui aurait pu surprendre notre étreinte de voleurs. Est-il mieux de prendre le chemin de Lachine ou la rue Sainte-Catherine ? Disons Sainte-Catherine, le chemin de ville Saint-Pierre, la boucle de ville La-Salle, le pont Honoré-Mercier, puis la route qui traverse la réserve indienne, Châteauguay, ville de Léry, pour rencontrer de nouveau le fleuve à la hauteur du pouvoir hydro-électrique de Beauharnois. Je connais mon itinéraire par cœur.

Mes polices d'assurances sont en règle et seront remboursées à mes héritiers légaux, tel que stipulé. N'ayant ni femme ni enfants, l'héritage légal se fera, en sens inverse, au profit de mon père. Pour ce qui est de l'assurance-automobile, j'ignore si elle rembourse en cas d'accident solitaire où la responsabilité est forcément unilatérale. J'aurais mieux fait de me renseigner là-dessus, par acquit de conscience.

N'ayant laissé sur mon passage aucun indice préfigurant ma mort, je pars content. Aux yeux d'un enquêteur éventuel, je suis le journaliste qui, après un dîner de célibataire en ville, se dirige vers Beauharnois où tôt, demain matin, il doit interviewer deux hauts fonctionnaires égyptiens. Il est vrai que cette randonnée nocturne peut sembler dictée par un zèle louche. Mais les journalistes savent bien qu'en couchant ainsi une nuit à l'avance, sur le lieu d'une mission, j'ai droit à une allocation de voyage qui peut suffire à expliquer mon zèle. Bref, j'ai tout prévu et je me dirige calmement vers le parapet de ciment du barrage de Beauharnois avec la certitude de commettre un crime parfait.

J'avance maintenant hors des murs imaginaires de Montréal où, pendant vingt-neuf ans, j'ai attendu mon arrêt de mort. Je suis calme désormais, étrangement soulagé et j'ai commencé d'éprouver un repos intérieur préfiguratif de celui qu'on nomme éternel. Je conduis sereinement ma Chevrolet, comme le chariot des chansons nègres bercé par un chant angélique. Je roule doucement dans mon cercueil.

Ces derniers temps, Madeleine a pleuré à chacune de nos rencontres. Au début, j'en ai ressenti de la douleur et j'ai tout fait, par sympathie, pour la consoler. Mais peu à peu, ma sympathie est devenue inopérante. Au Laurentien, dans la chambre face à la cathédrale, je me suis rhabillé lentement pendant que Madeleine pleurait, la tête enfouie dans un oreiller. Ses pleurs m'agaçaient. J'en avais assez de l'entendre se lamenter. Je suis venu bien près de lui dire sur un ton brutal : « As-tu fini de me casser les oreilles ? ». Je gardai silence, un silence plus cruel que mon insulte par l'infinie cruauté qu'il pouvait signifier. Depuis, le silence est devenu mon arme favorite, mon vêtement, ma seule attitude à l'égard de Madeleine. Je me tais. Si, au lieu de m'emmurer dans cette équivoque, car tout silence est équivoque, j'avais fait une colère par définition regrettable, je l'aurais sans doute regrettée. Et Dieu sait que le remords aiguillonne l'amour, jusqu'à le résumer parfois...

Madeleine pleurait. Sans élan, j'avais posé ma main sur son épaule dans un geste appris de condoléances. Mais ce contact même me parut inutile et je retirai ma main. Je retirai ma main de son épaule chaude, comme aujourd'hui je me retire du monde.

Je me trouvai enfin debout, à côté du lit, tout habillé, sur le point de quitter la chambre. Madeleine me vit, puis s'écrasa de nouveau sur le lit, en proférant des phrases obscures, autant de mots hoquetés, ruisselant de larmes qui traduisaient confusément une douleur à laquelle j'étais devenu insensible.

Voici qu'il neige maintenant et que la masse sombre du pont Honoré-Mercier ressemble, derrière ce filtre blanchâtre et mouvant, à un pont impressionniste. C'est la première neige de l'hiver. Mes essuie-glace ne suffisent pas à combattre la descente aveuglante des gros flocons. Pendant que j'avance sur le pont, le fleuve Saint-Laurent coule invisiblement sous moi, caché par cette semence de cristaux blancs, véritable ciel de confettis lancés par je ne sais qui pour célébrer ma noce ! J'avance en réalité au pas d'un cortège nuptial au-dessus de ce fleuve que je rejoindrai à nouveau au bout de mon parcours.

Je dois faire preuve d'habileté, car la route est devenue très glissante. Et comme je n'ai pas fait chausser les pneus à neige, la difficulté se trouve accrue. Je croyais pourtant avoir prévu à l'avance tous les détails de mon voyage. Je n'avais pas compté avec la neige qui vient tout bouleverser. Les risques de la conduite sont tels qu'il pourrait bien m'arriver de déraper sur la chaussée et de prendre le fossé, ce qui entraînerait, tout au plus, une fracture bénigne. Ce serait plutôt dérisoire que je me réveille dans une clinique d'urgence, avec un plâtre collé sur moi et l'envie de vivre à nouveau, conséquence habituelle de la peur. Blessé, je deviendrais un réchappé, alors qu'en fait nul espoir d'en réchapper ne doit contrarier mon projet.

Maintenant que j'ai traversé le Saint-Laurent, qui coule sous la neige comme une veine sombre, je vais remonter son cours, à quelque distance de sa rive sud, et me rapprocher de sa source déjà glaciale. L'an dernier, le fleuve a gelé prématurément et onze cargos se sont trouvés immobilisés dans son étreinte, en face de Sorel. Quand je suis allé interviewer le capitaine d'un pétrolier de la flotte Onassis, j'ai dû marcher sur les eaux pendant une heure avant d'aborder le navire figé comme une île. De la cabine de contrôle, on voyait en aval les silhouettes fantômes des autres bateaux qui avaient été surpris par les glaces. D'ici le moment où j'arriverai à mon point final, l'eau froide du fleuve n'aura pas le temps d'engendrer son épiderme de glace. De toute manière, autour du pouvoir de Beauharnois, l'eau du fleuve ne se cristallise pas de l'hiver.

Que s'est-il passé quand j'ai quitté la chambre de l'hôtel en laissant Madeleine pleurer seule sur le lit ? Je ne me suis pas sauvé, non, j'ai effectué ma sortie le plus simplement du monde, sans précipitation. Dehors, j'ai marché longtemps sans but, puis je suis entré au Palace voir le dernier Hitchcock qui m'a beaucoup amusé. Pas un instant je n'ai repensé à Madeleine.

Pendant que j'étais au cinéma, où était Madeleine ? A-t-elle espéré que je revienne à elle ? Tandis que je regardais le visage d'Eva Marie Saint multiplié sur l'écran au point que j'étais par rapport à ses lèvres de la grandeur d'une sardine du Portugal, Madeleine se désâmait seule dans notre chambre, comme les pleureuses baroques. M'appelait-elle dans sa douleur ? Pleurait-elle encore ? Il est bien possible, au contraire, qu'elle se soit revêtue, aussitôt après mon départ, de sa robe bleu azur, pour sortir de la chambre et poursuivre son bon plaisir dans son vrai lit, avec un autre partenaire.

La neige m'étourdit. Je dois faire des efforts pour concentrer mon regard sur la route, alors qu'une infinité de corps blancs viennent se liquéfier sur mon pare-brise et m'éblouir un instant.

À quoi pensait Madeleine dans cette chambre que j'ai quittée comme un client rassasié ? Elle pleurait sur l'effritement de notre amour en des questionnaires plus absurdes que les milliers d'interviews que j'ai publiées au *Canadien*.

— Viens ici, mon amour, je te le demande. Ne me laisse pas si vite. J'ai besoin de toi encore...

Elle m'avait dit cela pendant que je complétais mon nœud de cravate... Ah ! si je pouvais, à distance et sans entendre ses larmes, une seule fois violer son âme de femme adultère. Oui, je voudrais une seule fois m'identifier à elle, éprouver sa douleur, pleurer à sa place pendant des heures, devenir femme dans son corps et ressentir un vide cruel en moi, un vide qui me ferait crier tout haut comme elle l'a fait de sa voix pourtant douce :

— Viens ici, mon amour. Ne me laisse pas si vite. J'ai besoin de toi encore...

Il me regarde à nouveau comme tout à l'heure d'un regard haineux. Qu'ai-je fait pour le rendre si cruel avec moi ? Je lui crie mon désir et il continue de nouer sa cravate placidement. J'ai besoin de lui. Mon ventre est tendu autour de son absence. Pourquoi ne cesse-t-il pas ce jeu ? Pourquoi ne revient-il pas s'étendre ici et se laisser déshabiller par mes caresses ? Ce serait si simple pourtant, et si merveilleux qu'il m'aime comme avant, sans m'imposer, à titre d'expiation, les longues conversations pénibles qui me blessent et ne lui procurent aucun bien. Je l'aime pourtant, je l'aime plus que ma propre vie. Ah ! si seulement il oubliait un instant que je suis mariée et que j'ai appartenu à un autre homme, pour venir à moi. S'il éprouvait le millième du désir qui me hante, il se précipiterait sur moi sans manières et je deviendrais encore une fois, une fois encore mon Dieu, sa proie bienheureuse. Hélas, je pleure, je n'ai rien d'autre que mes larmes si je ne suis pas transpercée de plaisir. Hors de sa visite tumultueuse dans mon ventre déchiré, je ne suis rien et n'importe quelle jeune fille de couvent qui contemple en secret ses jeunes seins est mille fois plus désirable que moi. Je le sais, René aussi, car il ne me regarde pas. Il se tient droit tout près du lit où je l'ai aimé couché et m'ignore. Il ne voit pas, mais moi j'aperçois, dans le miroir, son visage d'enfant mort.

C'est moi qui l'ai tué ainsi, je suis l'auteur de ce meurtre dont je contemple le reflet. Mais qu'ai-je fait de mal sinon me laisser épouser, devenir mère sans aimer, partager le lit d'un homme que je suis résolue à fuir aujourd'hui, demain, n'importe quand, pour ne plus vivre que des baisers de mon nouvel amour ? Comment aurais-je agi autrement il y a douze ans, puisque j'ignorais alors l'existence de ce bel enfant qui parcourait les rues de Montréal et qui un jour tomberait dans mes bras décharnés et redonnerait vie à mon âme et à mon corps ?... Depuis nos deux dernières rencontres, René m'apparaît secret. Je le sens s'échapper de moi, comme il se retire brusquement après l'amour, quand il est triste. Il s'est rhabillé des pieds à la tête comme pour se protéger. Peut-être qu'il ne me désire pas ? Ce serait donc cela ma punition : que mon corps le laisse froid ou même lui déplaise !

Si j'avais été avertie, je me serais gardée belle pour sa venue. Je l'aurais attendu dans un bain d'aromates, je ne serais pas sortie de mes limbes avant le jour de sa naissance. Moi, j'aime follement son corps, ses épaules fortes, sa peau douce et le corps de son corps que je voudrais à nouveau sentir pénétrer jusque dans mon ventre de petite fille. Je désire et j'ai mal.

Il aurait mieux valu ne jamais quitter ma maison, ne pas voir même une seule fois René dans sa nudité splendide. Oui, me cloîtrer dans ma maison et venger sur un mari distrait toutes les souffrances que je reçois de René en ce moment. Mais je l'ai reçu, il a fait son chemin en moi en sens inverse de mes trois enfants, et m'a marqué plus qu'eux encore. Je lui appartiens. Loin de lui, je peux parfois, honteusement, trouver mon plaisir, mais lui seul me rend à la vie. Seul son corps m'emplit, seuls ses grands mouvements de loup de mer rejoignent mes profondeurs, seule sa bouche me donne des baisers !

Comment ne voit-il pas que je l'aime ? Et pourquoi tout à l'heure m'a-t-il traitée comme une putain ? Oh ! je l'ai été, l'espace d'un instant, quand il m'a murmuré à l'oreille sans que j'aie vu son regard : « Combien de fois as-tu fait l'amour ainsi avec ton mari, à la manière des chiennes ? »

Je ne peux plus m'arrêter de pleurer. Un mot de lui me retiendrait dans ma chute. S'il me touchait une seule fois encore de sa main, je redeviendrais vierge...

Madeleine parlait-elle ainsi ? Je ne le sais pas, je ne saurai jamais de quels mots elle désignait son amour ou son désir. Je n'entendrai pas non plus, dans leur pureté verbale, ses cris de femelle, ni ses insultes, ni ses prières. J'ai vécu si près d'elle ; pendant un an je l'ai vue toutes les semaines et je l'ai aimée, pourtant je suis incapable de lui prêter une pensée ou une phrase de façon certaine. Son langage m'est plus hermétique que les hiéroglyphes dont on a couvert tant de sarcophages d'amants incompris. Je lui prête des mots pour imaginer un peu ce qu'elle dit. Je projette mon vocabulaire sur son âme, faute d'en connaître le dedans. L'envers de ses paroles m'est aussi inconnaissable que la définition exacte de son plaisir et le labyrinthe de tissus et d'orifices internes par lequel il monte en elle, toujours de la même façon, et dont j'ai été occasionnellement la cause vite oubliée. Qui me dira si je suis aimé ou non, et de quelle façon vraiment, puisque Madeleine m'a tant de fois trompé et que désormais, pour moi, ni les mots ni les baisers ne constituent des preuves de rien, sinon de leur propre existence locale et fugace ?

Si je devais revoir Madeleine, si tout était à refaire, dès le premier jour je lui dirais : « Dis-moi tout ce que tu penses, et raconte-moi aussi tes rêves. Ne me cache pas les mots, les images, les cris qui traversent ton esprit, dis-moi tout cela avant même de le réduire en un langage cohérent donc mensonger. Tu me feras part aussi, dès que tu le ressentiras, du moindre sursaut de haine ou de dégoût et de l'affleurement même inavouable du désir physique, car je veux savoir dans quelles fibres de ton corps tu me désires et le chemin que prend ta jouissance pour éclater finalement, parallèle à la mienne, tout près d'elle. Raconte-moi ta vie à partir de zéro, j'ai besoin de connaître tes premiers phantasmes et je voudrais toucher de mes mains le tissu de tes robes de jeune fille. Décris-moi, mon amour, ta première nuit de noces, la seconde, la troisième... Oh ! combien peut-il y avoir de nuits d'amour en douze ans de mariage : cela fait des milliers et des milliers de baisers et une multitude d'extases ! Combien de fois as-tu connu le délire avant que j'en sois la cause ? On m'a dit que certains couples entouraient d'un cercle chaque jour du calendrier où ils faisaient l'amour. As-tu fait cela toi aussi ? Dans ce cas, je voudrais voir ces douze calendriers de douze mois de trente jours, couverts de cercles amoureux tracés au crayon rouge de ta propre main ! Madeleine, Madeleine, fais-moi participer à ta grossesse jusqu'à ce que j'éprouve les douleurs de la parturition dans mon corps inapte. Oui, je veux revivre ta vie depuis ta naissance et sans sauter un seul instant dans ce nombre incalculable de journées toutes remplies. Chaque seconde de vie inavouée devient mensonge et cette frontière de silence qui sépare deux amants est un tissu de mystère, une peau plus impénétrable que celle qu'on cache par pudeur. Oui Madeleine, il faut tout dire, tout m'avouer au-delà même des convenances de l'orgueil et de la discrétion. La discrétion, quel vilain mot, je le ressens comme une grille ou plutôt comme une armure ! La pudeur est un voile dont on s'habille par amour pour une seule personne devant qui on est impudique. Oui, il faut tout dire Madeleine, vivre nu l'un pour l'autre... »

Je lui dirais encore, si nous étions au premier jour de notre amour : « Dès maintenant, je dois savoir combien de temps tu m'aimeras. Cela est capital. Notre amour sera éternel ou bien une entreprise de mort, un pacte à court terme de cruauté et de dégénération. Nous n'avons pas le choix entre plusieurs durées variables, mais entre la durée et l'arrêt... »

Il est trop tard pour former des projets nouveaux, et je regrette d'avoir engendré moi-même tous ces silences entre nous dont la progression géométrique a triomphé finalement de nos paroles. Je regrette d'avoir quitté Madeleine dans une chambre du Laurentien, de l'avoir laissée seule et nue sur ce lit. Je ne serai jamais cette femme trop fragile, pleurant sur un lit défait, puisque j'ai choisi irrévocablement de m'identifier à son amant prodigue qui a noué sa cravate sans émotion et s'est enfui comme un lâche. Je n'ai connu Madeleine que par les voies imparfaites de la possession. Si j'ai pénétré en elle, ce n'est pas comme le Dieu biblique sondait ses créatures, mais comme tout mortel l'aurait fait, son mari par exemple, par l'insondable vulve du mystère. Qui est Madeleine ? Je ne le sais pas...

Tout ce que je sais, c'est qu'un soir j'ai quitté sans un mot une chambre dont le lit est perpendiculaire à la face occidentale de la cathédrale. Dehors, le vent d'automne m'a saisi au visage. J'ai traversé de biais le vieux parc, frôlant au passage le cénotaphe et le bronze de Sir Wilfrid Laurier, et je me suis assis, quelques minutes après, dans un des trois mille fauteuils du Palace. Je ne pensais plus à rien ; mon esprit, suivant le film de Hitchcock, se projetait sur l'écran. D'un seul coup, j'oubliais Madeleine et les quelques heures que j'avais passées au journal ce même après-midi. Car c'est bien ce jour-là que le rédacteur en chef m'a annoncé que Pierre Lorion était nommé correspondant à Paris.

Plus tard dans l'après-midi, alors que Madeleine passait ses bras autour de mon cou, je n'ai rien dit, j'ai gardé silence sur ma défaite, de la même façon d'ailleurs que j'avais espéré ma victoire sans lui en parler, me réservant ainsi le beau rôle et à elle une surprise merveilleuse. À trois semaines de mon départ pour Paris, je l'aurais accueillie en lui disant « Je t'emmène à Paris ! » J'aurais peut-être même établi une progression dans ma victoire. Au début, j'aurais parlé de choses et d'autres, comme si de rien n'était, puis nous nous serions glissés sous les draps, et là seulement, j'aurais annoncé à Madeleine : « Nous partons dans trois semaines... » Mais il n'était plus temps de lui parler de ce projet, le jour de mon échec. J'ai gardé silence. Je n'ai rien dit, rien, me semble-t-il, pendant ces trois heures. Je me suis tu comme si j'avais été un touriste de langue étrangère et elle, une occasion muette.

Neige-t-il à Rambouillet comme il neige en ce moment sur la route où j'avance dangereusement ? Mais le danger est de me blesser et de n'en pas mourir !

Rambouillet est une ville morte engloutie sous plusieurs couches de cimetières, une ville plus somptueuse que Suse ou Babylone, dont les vestiges incertains disparaissent sous la neige épaisse qui recouvre, devant moi, toutes apparences, comme une bienfaisante amnésie.

Vienne l'amnésie totale, l'éclatement définitif de tout regret ! Vienne la grande saignée qui, dans un temps égal à celui d'un orgasme, vide l'animal de ses souvenirs globuleux ! Mon Dieu, qu'il est long d'en finir avec soi-même...

J'ai quitté Jean-Paul sur un malentendu. Je lui ai rendu visite, deux ou trois jours après l'annonce officielle de la nomination de Pierre Lorion à Paris, dans le but de vider la question. Mais avec Jean-Paul, je n'ai jamais vidé une seule question et notre amitié s'est soldée par une méprise...

— Ce n'est quand même pas de ma faute si Pierre est nommé à Paris ! Ma foi, tu me prends pour le propriétaire du journal et tu crois que je décide de tout !

— Il reste que je ne peux pas comprendre que ce soit Pierre et non pas moi. Donne-moi une seule explication de cela, une seule...

— Tu me demandes maintenant de justifier les décisions des cinq personnes siégeant au conseil de rédaction !

— Allons, tout le monde sait que tes suggestions y deviennent des lois, Jean-Paul. Ne fais pas le modeste...

— Insulte-moi, c'est cela, ne te gêne pas...

Jean-Paul me regarda longuement avant de continuer :

— Somme toute, tu m'accuses d'avoir bloqué ta candidature ?

— Non, mais je veux savoir ce qui s'est passé. Dis-moi pourquoi mes chances d'être nommé ont basculé en deux jours. Que s'est-il passé ? Qu'est-ce qu'on a dit contre moi ?

— Ah ! secret professionnel...

— Allons Jean-Paul, tu te paies ma tête !

— Je suis bâillonné...

Après un long silence, il me dit :

— Enfin, puisque tu es un ami, je peux bien te faire un aveu, à condition que tu te taises... J'ai voté pour toi.

Évidemment, je n'étais pas plus avancé, tout au plus rassuré par cette preuve de confiance de la part de Jean-Paul.

— Entre nous, René, continua-t-il, il vaut mieux que tu n'ailles pas à Paris !

— Que veux-tu dire par là ?

— Rien d'autre...

— Précise.

— Pauvre René, tu te défends toujours comme si je t'attaquais. Tu me traites en ennemi, mais je me demande bien pourquoi. Dis-le-moi ce que je t'ai fait de mal... En 1955, tu étais dans le même état : tu m'insultais à tout propos, tu m'accusais d'avoir gâché ta vie... Tu m'as même reproché de t'avoir entraîné dans le journalisme pour toutes sortes de raisons obscures, tellement confuses, tu vois, que je les ai oubliées.

Jean-Paul avait cessé de me regarder, il contemplait son verre de scotch qu'il faisait tourner dans sa main.

— Mais j'ai tout fait pour t'aider, René... Je me suis mis à blanc pour toi. J'ai répondu de toi devant la direction du journal et j'ai réussi à te faire embaucher, même en période de compression budgétaire. Et pour réussir cela, j'ai fait valoir tes années d'études à l'université, ton talent, ton imagination, ton style, ton dynamisme. J'ai même menti : je leur ai dit que *la Presse* t'avait fait une offre, et que *le Canadien* devait se presser pour te compter dans son personnel. Voilà ce que j'ai fait pour toi...

— Je ne le savais pas, Jean-Paul, tu ne m'avais pas dit cela.

— Par pudeur sans doute, disons par amitié...

— Je te remercie...

— Et six mois après ton entrée au journal, tu t'es effondré : tu connais la suite ! Une maladie est une maladie, et ce n'est pas moi qui t'en ferai grief. Mais au moins, tu pourrais ne pas oublier que j'ai été ton ami alors, et que je le demeure... Les malentendus entre nous n'existent que dans ton esprit, René.

J'étais accablé. Jean-Paul avait toujours été parfait, je le sentais bien, pourtant je pensais à toute autre chose : ma candidature d'abord acceptée, puis soudain refusée...

— Quand je t'ai vu entrer ce soir, me dit encore Jean-Paul, j'ai cru que tu voulais me faire une agréable surprise et que, comme par le passé, tu avais le goût de parler un peu avec moi. Erreur. Tu es venu me rendre visite dans le seul but de m'accuser de t'avoir trahi !

— Pardonne-moi Jean-Paul, je suis entré ici dans un état de colère, mais je t'expliquerai un jour, tu comprendras...

— Si ça t'arrange, je peux bien te pardonner René et si tu veux, je t'accorde une absolution générale, car depuis notre temps d'université tu n'as jamais cessé de m'insulter... On croirait que tu me rends visite quand tu as besoin d'un ennemi : tu arrives ici armé jusqu'aux dents, prêt au combat. Don Quichotte, tiens ! Pourtant cela n'a pas toujours été ainsi entre nous. À l'Institut Prévost, quand j'ai passé un dimanche avec toi au parloir, tu m'as juré toutes sortes de choses. Tu t'es jeté dans mes bras en me disant que j'étais la seule personne qui te restait au monde... Et puis, à quoi bon revenir là-dessus ? D'ailleurs je n'ai plus le goût de parler.

Jean-Paul se retira, puis revint en me tendant mon paletot, mes gants, mon foulard :

— Nous n'avons plus rien à nous dire, je crois, et puis je suis occupé. Tu viendras me voir une autre fois, René, quand le cœur t'en dira...

Je mis du temps à m'habiller. La brusquerie de son geste me laissa perplexe, je lui cherchais un double sens. Il attendait sans doute quelqu'un, après tout il n'était que dix heures, et souhaitait me voir déguerpir. Quelqu'un, c'est-à-dire une personne que je ne devais pas croiser dans l'escalier. Nathalie, peut-être ? La voyait-il encore ? Comment l'aurais-je su moi-même puisque, depuis des mois, j'ignorais tout de la vie privée de Jean-Paul et aussi de celle de Nathalie ? Qu'était-elle devenue sans moi, après moi ? Il était plausible qu'elle ait continué de voir Jean-Paul et que, ce soir même, elle se rende à son appartement qui, douze mois plus tôt, abritait nos étreintes. Ce serait alors singulier de nous retrouver tous les trois entre ces murs, mais, comment dire ? dans des rôles différents, postés à des angles nouveaux de notre ancien triangle. Jean-Paul me regardait et son visage solaire me parut soudain empreint d'une douceur que je ne lui avais jamais connue. Ses yeux bleus me transperçaient de leur pâleur liquide. Visiblement, Jean-Paul me chassait de chez lui. Cela même me fit désirer m'attarder dans cet appartement qui avait été presque le mien.

— J'attends quelqu'un, me dit Jean-Paul avec impatience, et comme pour confirmer mon intuition.

— Jean-Paul, tu ne sais pas tout ce que je perds en perdant ce poste de correspondant à Paris. Tu ne peux pas savoir... De plus, ce qui me choque, c'est que Pierre ne soit évidemment pas qualifié pour la fonction. Tu ne peux pas dire le contraire quand même, Pierre est un journaliste médiocre.

— Je ne suis pas d'accord avec toi, bien que je m'explique facilement ton parti pris. Pierre n'est pas si bête que tu le laisses entendre. Attends seulement de le voir se débrouiller sur place, pour le juger.

— C'est à croire, ma foi, que tu as poussé sa candidature !

— Peut-être...

— Tu m'as juré le contraire tout à l'heure, je ne rêve pas !

— Oui, mais j'ai dit cela pour ne pas trahir le secret professionnel. Fausser les pistes est une façon d'être discret. J'aurais pu tout aussi bien dire le contraire, et ma foi avec autant de chance d'être vrai, sinon plus ! Car à bien y penser, j'ai plus de raisons de t'en vouloir que, disons, d'en vouloir à Pierre. La haine que je pourrais te vouer serait la conclusion logique de tant d'amitié bafouée, de tous mes actes inutiles, gaspillés à ton égard, de toutes ces années d'illusion. J'aurais raison de t'en vouloir René, car tu n'as jamais rien compris, absolument rien...

La porte s'est refermée entre nous deux, après les dernières paroles de Jean-Paul. J'arrêterai au prochain restaurant sur la route ou dans un garage, et je lui téléphonerai. Il se peut qu'il ne soit pas à son appartement ! Même s'il y est, d'ailleurs, quoi lui dire ? Dans l'état où je suis, je me laisserais aller à cet avant-goût de mort que j'ai dans l'âme, je parlerais inconsidérément, si bien que Jean-Paul, après mon épanchement inattendu et la nouvelle de ma mort, devinerait que je me suis suicidé. Mon téléphone incohérent en pleine nuit lui paraîtrait, par après, une prémonition de mon acte, un aveu, comme si je n'avais aucun secret pour lui.

Je dois continuer mon voyage et renoncer à ce téléphone, ne pas lui parler. De cette façon, Jean-Paul sera le premier à croire à mon accident d'auto, d'autant plus qu'il m'a souvent reproché de conduire comme un fou. En vérité, je conduis assez prudemment, mais il est bien possible qu'à l'occasion j'aie voulu l'épater dans un virage aigu ou lui prouver que je ne craignais pas la vitesse excessive. Quand il apprendra ma mort, il éprouvera sans doute un serrement de gorge, car même lui ne peut échapper à l'émotion soudaine qui nous domine devant toute mort, serait-elle celle d'un passant inconnu frappé par une auto en pleine rue. J'ai pleuré un matin de printemps, quand j'étais enfant, en découvrant mon poisson rouge mort dans son

81

bocal, le ventre au ciel. Toute mort émeut. Jean-Paul connaîtra ce même serrement de cœur qu'on éprouve quand quelqu'un, même un pauvre poisson domestique, s'arrête autour de soi et, par sa rupture, commande une minute de silence, une pensée funèbre.

Dans les jours qui ont suivi notre dernière rencontre, si on m'avait appris la mort de Jean-Paul un matin, j'aurais éprouvé une grande joie. Oui, j'ai voulu sa mort encore plus que je ne désire présentement la mienne, et depuis longtemps il me semble. J'ai souhaité sa mort non pas pour me venger de sa récente trahison, ni pour lui faire expier ses nombreuses bassesses, mais uniquement parce que sa vie me dérange et nuit à la mienne. Son souffle est incompatible avec ma présence sur terre, et vice versa, hélas... Je pars le premier, faute d'avoir eu l'audace de le tuer. Au fond, j'aurais dû le supprimer, par un stratagème ha-bile, pour me délivrer enfin de son pouvoir sur moi.

Si je m'arrêtais, comme j'ai renoncé à le faire, pour lui téléphoner, je lui dirais tout simplement : « Je t'aime Jean-Paul, pardonne-moi. Tout cela est ma faute... »

Il éclaterait de rire au bout du fil ou me lancerait une farce vulgaire, et moi je serais blessé une fois encore, mais toujours vivant. Le malaise que je ressentirais, à cause de sa riposte insolente ou railleuse, me raccrocherait subtilement à la vie, car rien n'est plus persévérant que le malaise et rien ne ressemble autant à mon existence que la mauvaise conscience. Depuis le temps que je suis uni à la vie par une étreinte incomplète et maladroite, je devrais me méfier de tout ce qui ressemble à un malaise qui est voisin de l'angoisse, car de l'angoisse à l'enracinement, il n'y a qu'une seconde d'inconscience. Je connais par cœur les ruses de la culpabilité et je sais bien que la honte est un lien aussi durable que le plaisir pur. Mais j'arrive enfin au terme de mon labyrinthe, depuis vingt-neuf années que j'avance sans fil conducteur, et ce long baiser immoral avec la vie sera tout à l'heure descellé. Chaque jour, j'ai avancé plus avant dans mes ténèbres, passant du noir au noir, du mal à son obsession, de la même façon que j'ai erré d'une chambre à l'autre depuis un an, poursuivant toujours la même caresse millénaire et douloureuse. J'ai vogué de nuit au milieu de cet archipel de lits que je regarde, ce soir, une dernière fois avant d'affronter la seule et irrévocable conclusion de ce voyage insensé. Nul sextant ne m'a guidé pendant ma traversée, sinon mon angoisse inondante, suprême inversion de l'homme, dont je ne peux sortir que par la destruction de son suppôt, mon corps !

Je reste seul à savoir que je prémédite, en tenant mon volant à deux mains pour ne pas glisser hors du chemin, le premier acte libre de mon existence, et que rien n'est plus logique ni aussi rationnel que cette dernière étape qu'il me reste à franchir d'ici la centrale hydro-électrique de Beauharnois. Je me félicite encore d'avoir si bien dissimulé mon projet, car si le moindre indice démasquait mon suicide, on s'empresserait de l'attribuer à un accès de mélancolie ou à la résurgence de la névrose de 1955, bref de le qualifier d'acte inconscient ou passionnel. La passion, c'est de vivre. Se fracasser contre un parapet de ciment en pleine nuit, voilà qui n'est pas irrationnel, ni émotif, ni enténébré, ni un lapsus de neurasthénie. Au contraire, c'est un geste complet, libre et prémédité.

Aucun mariage n'est indissoluble et toutes les précautions canoniques n'empêcheront jamais le divorce. Je ne fais rien d'autre que divorcer : je romps une liaison agonisante. Ou plutôt, je brise, par ma seule volonté, un contrat unilatéral avec la société des vivants et la nature tout entière.

Je suis maître de moi-même, je n'agis pas sous l'empire d'une nécessité pathologique ou d'une éclipse de mes facultés. Je me possède enfin comme jamais Madeleine ni personne ne m'a possédé et, pour la première fois, j'ai le sentiment de me suffire à moi-même. Aucune émotion, même désolée, ne peut éclore dans mon désert et m'enivrer, pour un bref instant, d'un succédané de vie. Rien ne m'éblouira, rien, même pas la tristesse qui, elle aussi, est éblouissante. Le désespoir aussi engendre sa volupté, et l'angoisse, je l'ai expérimenté, peut devenir un modus vivendi. Il n'est pas jusqu'à la douleur physique qui ne suscite sa compensation magique dans l'instant même de son apogée.

Je conduis ma Chevrolet calmement, en dépit de ces rafales de neige qui viennent sans répit tourbillonner devant moi... Je pense encore, mon esprit est actif. Si c'était possible, je supprimerais dès maintenant ce commerce avec le réel. La mort est progressive et s'accomplit par étapes, asséchant tour à tour les multiples sources d'émerveillement qui coulent encore en moi avec la régularité d'un système sanguin. Mais je suis faible, et, par moments, j'échappe à mon propre contrôle. À moins d'une heure de la fin, je sens des pulsations indécentes précipiter mon sang...

Un dernier baiser, allons, une dernière fois m'abandonner à la succion d'une bouche ! Que je m'accorde une faiblesse, un répit, avant de tout confisquer ! L'émerveillement mourra en dernier quand les valves de mon cœur auront cessé de propulser mon sang vers toutes les parties de mon corps.

Je cherche le corps blanc de Madeleine dans les multiples lits où nous avons fait escale. Je soulève tous ces draps qui cachent Madeleine offerte, impatiente, frileuse, endormie les poings fermés, disjointe comme les deux rives d'une rivière... Dans quel lit vais-je me recoucher une dernière fois ? Dans quelle chambre vais-je prendre ma sieste avant de conclure mon itinéraire ?...

Une porte s'ouvre sur une chambre ensoleillée. J'avais conduit à quatre-vingt-dix [milles] à l'heure de Québec à Montréal, par la rive sud, après avoir expédié l'interview d'un prix Nobel de chimie, pour arriver à trois heures au Laurentien et mourir d'amour en attendant l'arrivée de Madeleine ?...

Je nous revois nus, par cette magnifique journée de printemps, l'un près de l'autre. La neige qui m'aveugle en ce moment ne brouille pas l'image que je garde de cette chambre. Madeleine s'est étendue sur moi, si bien, je me rappelle, que j'avais le sentiment que mon sexe déchirait le ciel, touchait Madeleine en son zénith, sans la dominer tout à fait, car sa voûte lactée se mouvait selon mon ascension. Mon sexe devenait ainsi la mesure de tout, le chiffre d'or de ce plaisir insondable qui aliénait Madeleine et dont l'effluve sur mes cuisses me rendait femme. Je me trouvais ainsi doublé par cette inversion provisoire qui m'ouvrait deux paradis à la fois...

Ne me laisse pas tout de suite Madeleine, recouvre-moi encore de tout ton poids. J'ai froid, ce soir, sur cette route enneigée, et je suis seul. Reste un peu, mon amour, mon bel amour, garde ta tête au-dessus de la mienne, que je te contemple ainsi d'un point nouveau, que je voie ton regard descendre sur moi et tes cheveux défaits envelopper tes joues comme si le vent les poussait vers moi. Si tu me retires le poids de ton corps pourtant maigre, je vais errer dans une chambre aussi sombre que la dernière était couleur de ta peau lumineuse.

Maintenant que j'avance vers un certain point mort sur la route de Beauharnois, je vais m'étendre un peu dans ce lit trois quarts où, il y a trois semaines, je suis resté immobile pendant des heures tout près de Madeleine, scrutant la texture du plâtre des murs et le *Village sous la neige* de Clarence Gagnon. Chaque fois que j'avais vu Madeleine se déshabiller près de moi, en me regardant droit dans les yeux comme pour surprendre la lueur du désir ou l'aveu de la déception, j'en avais ressenti la même gêne. Son corps est trop présent sous sa peau blanche qui le dissimule comme une soie usée et à demi transparente, sous laquelle on imagine un dedans d'os et de ganglions.

Ce jour-là j'ai respiré trop vite le sang cataménial qui coule à tous les chapitres du *Deutéronome* comme une souillure. Je suis entré seul sous les draps, me voilant tout à fait pendant que Madeleine se préparait dans la salle de bains. Puis, Madeleine est sortie nue de la salle de bains et s'est approchée du lit, offrant à mon regard son corps blafard, marqué à la ceinture et à l'abdomen par la sangle des vêtements. Ses jambes minces, son bassin d'enfant, les plis de son ventre et cette vulve solennelle m'ont été soudain donnés dans leur durée charnelle, dans le mouvement même de la vie vers sa décadence. Quand elle fut étendue près de moi, j'ai retrouvé, sous le couvert des draps, une odeur de sang bouilli, semblable à celle qui devait monter de l'humus des grands champs de bataille, au crépuscule... Qu'ai-je fait alors, quand j'ai reconnu cette odeur qui me venait, à travers Madeleine, de toutes les femmes qui m'ont engendré, quels gestes ai-je inventés pour faire semblant de ne rien gaspiller de la disponibilité de ma partenaire et de profiter de son corps impuni ? Rien, aucun geste, aucune feinte : c'est elle qui a devancé mon entreprise.

Les Juifs ont compris que le sang des mort-nés est impropre à l'amour et l'ont déclaré tabou. J'imagine facilement les arguments du docteur Rhéaume qui ne manquerait pas une si belle occasion de rattacher ma répugnance pour le sang menstruel à mon dossier de culpabilité œdipéenne. Pourtant, cher docteur, tout n'est pas culpabilité, ce serait trop simple. La nausée peut parfois être désignée d'un autre nom. Qu'on me laisse la paix avec cette clef stupide qui ouvrirait toutes les portes de mon subconscient et qui ne serait rien d'autre qu'une faute fantôme, congénitale, infuse, que je tenterais désespérément d'expier de toutes sortes de façons. Un péché originel me suffit !

Non, ce n'est pas une faute, ni aucune espèce théologique de péché que je m'apprête à expier cette nuit, à l'insu de tous. Allons, on ne va pas se cacher pour expier sa culpabilité endogène, mon cher docteur.

D'après Freud, on me l'a rapporté, l'expiation commande un spectacle et celui qui veut se crever les yeux le fait aux yeux de tous. Moi, au contraire, je donne à mon acte une apparence trompeuse et je masque par une mise en scène d'accident un insoupçonnable suicide.

Il y a déjà longtemps que j'ai dépassé les cercles du mal, et que je suis sorti de ce désert de culpabilité où, d'après vous docteur, je serais inconsciemment exilé depuis toujours, comme un anachorète. Hélas ! il est vrai qu'au-delà de la faute, je me sens au bord du vide. Le mal, Dieu merci, tient lieu de réalité, et son dépassement ressemble plus au néant qu'à une victoire. La perspective d'une expiation théâtrale comme celle d'Œdipe redonnerait, ma foi, à ma vie finissante un certain élan. Ce serait une façon spectaculaire de me grandir et d'arracher, somme toute, un dernier plaisir à la vie. Au contraire, j'ai choisi de me liquider loin des regards et je n'ai même pas provoqué un seul doute qui pourrait investir mon désespoir actuel d'une grandeur posthume. Je meurs seul.

Mon agonie a commencé pendant cet après-midi funèbre où Madeleine perdait son sang, à mes côtés. Tu as voulu me faire oublier tes lèvres sanglantes, me parfumer de caresses pour que je ne sois pas taché comme le drap ; tu as voulu me rendre heureux, ainsi que tu me le promettais dans ton langage elliptique, me rendre heureux à tout prix. Je t'ai vue te détacher de moi et te recourber entre mes jambes...

Sous tes dents, j'étais démuni, abandonné comme courtisane, victime saphique livrée à ton emprise ! Tu m'arrachais ma force, tu me castrais, ma chère amazone, et moi je ne me défendais plus. Jamais la passivité ne m'avait à ce point comblé. J'éprouvais à ta place cette capitulation totale qui prélude à la volupté de la femme, alors que pour l'homme, le plaisir se conquiert. J'étais subjugué, humilié dans mon identité masculine, attentif à l'origine diffuse et lente d'un ravissement que nulle participation ne venait catalyser et qui se resserrait de façon concentrique en un point oméga, percé soudain d'une grande aiguille qui m'atteignit au cœur. Tout est survenu trop rapidement, car j'étais alors tout près de m'identifier à toi, Madeleine. J'éprouvais presque, dans ma défaillance, les contractions d'un utérus imaginaire... Mais le plaisir m'a réveillé brusquement de mon délire, et je me suis retrouvé identique à moi-même.

— Repose-toi un peu, m'a dit Madeleine doucement.

Et j'ai continué de regarder le ciel de la chambre, tuméfié comme la surface de la lune.

— Et toi, ai-je dit, tu n'as pas été heureuse ?

— Moi, ça ne compte pas. J'ai l'habitude...

Jusqu'à quel point ce qu'on dit par accident est-il intentionnel ? Toute la psychologie des actes manqués m'autorise à penser que Madeleine, par cette phrase superflue, a bel et bien voulu détruire notre amour. En fait d'acte manqué, si je peux me permettre un ultime calembour, c'était une réussite. Les mots qu'elle a proférés sont venus, malgré elle, divulguer une intention qui n'avait jamais affleuré à sa conscience. Depuis que le docteur Rhéaume m'a enseigné à lire entre les lignes, tout m'apparaît intentionnel. Les erreurs bénignes, la substitution accidentelle des mots ou des prénoms, rien de tous ces hasards ne m'échappe plus. Ce jour-là, du moins, rien ne m'a échappé.

Madeleine, cela allait de soi, s'est aussitôt reprise et a tenté de noyer cette « habitude » sous un flot de paroles adorables dont je n'ai pas été dupe.

— Que voulais-tu dire Madeleine par : « J'ai l'habitude » ?

— Ne recommençons pas René, je n'ai rien dit de tel...

— Que tu ne jouis pas avec moi ?

— René, ne sais-tu pas mieux que moi ce qui m'arrive...

— Alors ?

— Mais rien. Je n'ai rien fait, rien dit, mon amour...

Je demeurais le coude appuyé sur l'oreiller et Madeleine s'était allongée près de moi...

— Ne gâche pas tout, mon amour, je t'aime...

— Tu as l'habitude de quoi au juste ?

— J'ai peur de toi René quand tu me fixes ainsi. Tu ne me détestes pas au moins ?

— Je veux savoir.

— Quoi savoir, que je t'aime, René ?

— ... si tu as l'habitude d'embrasser... comme tu m'as embrassé tout à l'heure ?

Madeleine éclata en larmes. Je regardais froidement sa nuque et ses épaules nues. Tout amour se retirait de moi et je rêvais de poignarder Madeleine dans son beau dos d'albâtre.

— Parle enfin.

— René, dis-moi plutôt que nous ne nous reverrons plus dans une chambre. Dis-moi que je dois renoncer à toi et que tout est fini, brisé...

— Madeleine cesse de pleurer ; je veux simplement que tu parles !

— Tu ne peux donc pas comprendre sans m'obliger à tout dire ? René, ne cherche pas à m'humilier.

— Je dois donc comprendre... que tu as l'habitude de rendre ton mari « heureux » de la même façon que je l'ai été tout à l'heure. Je dois comprendre que tu t'es déjà couchée sur lui, la tête dans ses jambes...

— René !

— Tu as fait cela souvent ?

— René, chasse-moi. Séparons-nous ! Je ne veux pas souffrir comme en ce moment. Oui, séparons-nous, cela vaudrait mieux !

— Tu as fait cela souvent, très souvent peut-être. Me le diras-tu ? Raconte-moi ce que tu faisais exactement, ou dois-je tout imaginer sans aide ?

— Cesse de me torturer, allons cesse, René !

— J'ai besoin de tout savoir Madeleine. C'est lui qui te demandait cela ? Peut-être même qu'il te forçait à...

— René, mon amour, laisse-moi te parler...

Elle laissa un long silence.

— Tu ne m'as jamais pardonné d'être mariée, René... Toutes les nuits je suis dans le lit de mon mari. Je n'y peux rien et comment pourrait-il se douter maintenant que je ne l'aime plus ? Ce que tu me reproches... ne s'est pas produit souvent, crois-moi, et j'en ai été blessée, humiliée...

— Dans ce cas, pourquoi consentais-tu ?

— Quand j'étais menstruée... Oh ! René, de grâce, ne m'oblige pas à tout raconter. C'est affreux. J'ai honte. Aujourd'hui, pour la première fois tu comprends, j'ai désiré cela ! Crois-moi, je t'en supplie.

— Et avec ton mari, tu ne faisais que céder à son envie ?

— C'est cela oui, mais il faut que tu me pardonnes.

— Quand même, tu n'étais pas son esclave, Madeleine !

Elle pleurait. Moi aussi, j'avais le goût de pleurer...

— René, tu dois me pardonner à l'instant même... ou me quitter à jamais, mais ne parlons plus de cela.

J'étais rendu trop loin pour m'arrêter et je n'avais nulle intention de me bander les yeux de pardon. Comment d'ailleurs peut-on absoudre sans la connaissance totale de la faute ?

— Je devrais comprendre d'ailleurs que tu as dû, à l'occasion, embrasser ton mari pour ton plaisir, sans même qu'il te le demande...

Madeleine tourna vers moi son visage de martyre, tout embué de larmes, démaquillé, blanc comme le plâtre des statues d'église. Ses dents délicatement plantées dans son crâne accentuaient sa figure de sainte.

— Je ne me suis pas trompé, n'est-ce pas ? C'est donc vrai que tu as fait... cela de ton plein gré avec ton mari, parce que tu le voulais bien...

— Ah ! par désespoir, oui ! Car il n'y avait rien dans ma vie, et je me sentais avilie. Tu ne sais pas ce que c'est que douze ans de cette existence auprès de lui ; ma foi, j'aurais pu tout aussi bien me tuer... Oui, je me suis humiliée sans qu'il me le demande, si c'est cela que tu veux tant savoir. Aussi bien que je te le dise, ne serait-ce que pour donner prise à ta haine. Je me suis humiliée dans mon lit parce que je l'étais déjà par toute ma vie et que ni mon corps ni mon âme ne valaient plus rien. Je n'étais qu'une présence féminine dans son lit. À moitié endormi, il me prenait et ne s'en souvenait déjà plus le lendemain matin. Il me prenait toutes les nuits, parce que j'étais là... Évidemment, j'y ai trouvé mon plaisir moi aussi, pourquoi aurais-je fait autrement ? Oh ! René, le mariage est une chose affreuse. Vois tout ce que j'ai fait ! Mais je te jure que j'ai agi par désespoir seulement et que depuis que je te connais...

— Depuis que nous nous connaissons, que se passe-t-il entre toi et ton mari ?

— Rien, je ne peux plus supporter qu'il me touche même. Je me refuse constamment, et il ne comprend pas.

— Allons Madeleine, n'essaie pas de me mentir. Tu ne peux pas toujours te dérober ?

— René, toi aussi tu auras trouvé moyen de m'humilier !

— Avoue, Madeleine, que parfois, à l'occasion...

— Que cherches-tu à savoir au juste ?

— Pendant tes menstruations, ne t'arrive-t-il pas encore...

— Oui, oui, oui ! Cela m'arrive encore, c'est bien cela que tu espérais que je te dise ? Je ne vaux rien René, je suis indigne de toi, car je couche dans le lit d'un autre homme et me laisse posséder par lui quand cela devient trop compliqué de lui refuser. Je me laisse entraîner comme une fille... D'ailleurs, mon corps ne vaut plus grand-chose et ne peut servir qu'à cela !

— Quand as-tu embrassé ton mari la dernière fois, comme tu m'as embrassé tout à l'heure ?

— Hier, je veux dire cette nuit, car il était minuit quand il est entré dans le lit. Il m'a réveillée et, puisque j'étais déjà menstruée depuis ce matin... Mais ai-je besoin de te le rappeler ?

— C'est lui qui te l'a demandé ?

— Oui.

— ... et tu as aimé cela ?

— Oui, j'ai aimé cela comme tu dis, oui je suis lâche. Je peux bien t'avouer tout maintenant puisque tu ne me pardonneras pas et que nous cesserons de nous voir. D'ailleurs, je viens de te mentir encore, car ce n'est pas lui, dois-je te dire, qui a demandé, mais moi ! Vois-tu. Je me suis mise au lit en second, je l'ai réveillé ; il faut que tu saches que Charles dort comme une roche. Je l'ai réveillé, oui, c'est en l'embrassant que je l'ai tiré de son sommeil. S'est-il seulement rappelé cela, en se levant ce matin ?... Et surtout René, ne me demande pas pourquoi je l'ai ainsi comblé presque à son insu, ni pourquoi c'est son plaisir et non pas le mien que j'ai désiré. Ne me demande pas pourquoi j'ai fait cela dans la noirceur de mon âme et presque pour moi seule...

Des images précises et sordides venaient de s'imprimer au fond de ma conscience et m'obsédaient déjà comme un calque splendide d'un plaisir que je venais tout juste de connaître et dont notre nudité et le désordre du lit témoignaient encore. J'imaginais Madeleine voyager, dans l'impunité de la nuit, jusqu'au pénis de son mari. Ses gestes m'étaient d'autant plus faciles à reconstituer que je venais d'en vivre pour ainsi dire une répétition dont j'avais été, cette fois, l'objet... Je voyais Madeleine repliée au pied de son lit nuptial. À travers la nuit de sa chambre légitime qui m'était devenue transparente, je regardais Madeleine esclave de son mari. Il me semblait que cette familiarité du lit mille fois partagé rendait plus violent son plaisir et son baiser plus pressant encore qu'il ne l'avait été pour moi. Nos lits n'avaient été en somme que des lits de passage, changeant de position, de couleur et de dimension, selon les hôtels et les chambres, tandis que son vrai lit, le même depuis douze ans de mariage sans doute, devait mieux prédisposer à la volupté. Rien n'est plus merveilleux que l'habitude ! Je voudrais encore, au prix de ma vie, connaître le lit où Madeleine a joui combien de fois en tant de nuits permises, et de combien de manières différentes !

Nos étreintes n'ont jamais eu de lieu propre et ont erré dans les couloirs d'hôtel comme des âmes damnées. Ô lit unique et durable qu'on achète une fois, dont on n'a plus qu'à changer les draps, qui reçoit les spasmes, les rêves et le dernier souffle !

J'aurais voulu me glisser dans la chambre de Madeleine, comme un voleur, remplacer son mari endormi et attendre qu'elle m'aime à sa façon, sans savoir qui je suis. Me glisser par imposture dans la peau de son mari et la voir de mes yeux l'aimer dans ma personne ! Lui voler une nuit, celle de la veille par exemple : me coucher le premier, comme il l'a fait, m'assoupir faussement en attendant que Madeleine entre sous les draps avec son odeur de blessée, puis me laisser gagner par ses caresses exercées et enfin me laisser mordre par ses belles dents mortuaires jusqu'à ce que moi aussi j'éjacule du sang et que nos deux liquides bulbeux se mêlent en dehors de nous, de la même façon que, hélas, nos paroles de cet après-midi se sont mêlées dans une mare de cruauté.

Nous sommes restés étendus sur le lit, immobiles. Je ne pouvais détacher ma vue du *Village sous la neige* de Clarence Gagnon, paysage intact et lumineux, idéal pour chambre d'hôtel morne. Ce n'est pas sans raison qu'au Laurentien on compte autant de reproductions de ce tableau que de lits.

Madeleine et moi voguions sur un radeau blanc, comme deux naufragés de la Méduse. Dans l'obscurité qui avait envahi la chambre, j'apercevais à mes côtés la forme blanche de son corps. Elle était là, calme maintenant, à demi voilée, défaite comme une femme qui vient de mettre au monde. Pourtant, je n'ai jamais vu de femme après l'accouchement, sinon ma propre mère dont nulle image ne subsiste dans mon conscient. La nuit descendait sur nous, la nuit justement que nous n'avions jamais traversée ensemble, semblable à toutes les nuits des douze années précédentes et aussi à celle de la veille...

Alors que je me suis approché de Madeleine, dans la noirceur qui rendait mon désir indifférencié, je lui ai murmuré :

— Embrasse-moi comme tu l'as fait la nuit dernière...

— Non René...

— Je te le demande Madeleine, tu ne peux pas dire non.

— Ne me demande pas cela, René.

— Oui, je t'en supplie...

— Je ne peux pas...

— Il le faut, Madeleine...

Après l'avoir contrainte à descendre à mes pieds, j'entendais sa voix sans visage me répéter :

— Je ne peux pas René, je ne peux pas...

— Je crois que je ne tiens plus à la vie. Recommence Madeleine... J'ai besoin que tu recommences.

Je l'entendais pleurer à la hauteur de mon ventre et je sentais que toute ma vie allait vaciller dans le néant, un jour ou l'autre, le plus tôt serait le mieux !

— Madeleine, je t'en supplie, recommence, sinon je vais disparaître, me tuer !

Oui, il fallait que cela recommence. Il fallait que je me rattache à ce désir malade, seule réalité qui subsistait encore. Je voulais tout racheter par un orgasme qui me semblait la seule forme d'existence encore tolérable. Le reste s'estompait en même temps que les murs de notre chambre désormais incorporés à la nuit opaque. Seul, le baiser divin de Madeleine pouvait me ranimer doucement. Je me suis étendu parfaitement sur le lit, pour mieux capter la jouissance.

Madeleine avait enfin cédé et m'embrassait de sa bouche assoiffée et, ma foi, si le plaisir m'avait plongé plus longtemps dans sa psychose, j'aurais pu me réincarner dans la peau de son mari et habiter ce corps d'homme que Madeleine avait adoré de sa bouche moins de vingt-quatre heures plus tôt. Car il m'était facile d'imaginer aussi, en état d'occultation, que notre chambre d'hôtel était, noirceur pour noirceur, la chambre de Madeleine, notre lit, son lit nuptial, notre amour indécent, son mariage, et mon plaisir, la récapitulation de multiples nuits d'amour. Comme j'aurais aimé, par cette succion délirante, me fuir, échapper enfin à ma propre identité !

— Je n'en peux plus René !

Madeleine me jeta soudain ce cri en me retirant brusquement les parois de mon plaisir. Elle était dressée sur ses mains et me regardait :

— Je t'en supplie continue, lui dis-je. Ne me laisse pas ainsi. J'ai besoin de toi...

Et je posai mes deux mains sur sa tête... Madeleine se courba encore sur moi, puis, après quelques secondes de ce baiser forcé, elle se retira violemment, sortit du lit et s'enferma dans la salle de bains.

Je me suis retourné sur moi-même, insatisfait, trahi, seul sur ce lit taché de sang comme l'arme d'un crime. Le plaisir, un temps, m'avait servi d'écran, mais détaché de mon arbre, sans le baiser de Madeleine, j'étais condamné.

Il était à peine sept heures du soir, quand après avoir quitté Madeleine, je suis entré dans une cabine téléphonique dans le hall du Laurentien. Je me suis enfermé dans un des six petits cercueils verticaux que choisira Madeleine, cette nuit même, pour m'appeler comme une mère qui cherche son enfant, resté dehors après la tombée de la nuit, et j'ai composé le numéro Régent 4-0747. Au bout de la ligne, pas de réponse, mais le bruit qui signifie que l'usager du téléphone est engagé dans une conversation. J'ai glissé le dix cents plusieurs fois dans la fente métallique, mais en vain. Je suis sorti de la cabine, contrarié, fatigué, ne sachant plus où aller pour tuer le temps.

En fait, je tombais, d'après la loi bien connue de la chute des corps, dans le vide ; je descendais vertigineusement vers mon point zéro, depuis que j'avais mis les pieds en dehors de la chambre. Sur le pas de la porte, il m'en souvient maintenant, Madeleine s'est accrochée à moi et m'a dit qu'elle ne cesserait jamais de m'aimer. Ce serment ne m'importait déjà plus quand je suis sorti de la cabine sans interlocuteur et sans réponse !

Je voulais tuer le temps ; en retour, le temps me saignait de toutes les supercheries célestes. Je m'écoulais et ma durée engloutissait, dans son cours, l'imagerie d'un cosmos habité par Dieu et recevant sa cohérence de ce principe invérifiable.

Et ce soir, tandis que je roule enchâssé déjà dans mon tombeau, je suis enfin libéré de Dieu, masque des choses, beaucoup plus que les choses ne lui servent de masque. Dieu n'existe pas. La vie humaine est plus précieuse que celle du cyclamen et de l'asphodèle, mais n'est pas plus durable. Pourquoi faudrait-il accorder l'éternité aux sentiments obscurs d'un ancien habitant de Sumer ou de Carthage, frapper en effigie son inconscience, sa faiblesse, sa confusion, et croire, à tout prix, qu'il échappe au sort des chiens ? Pourquoi prolongerais-je au ciel ma solitude et mon tourment, pourquoi moi et non pas, par exemple, les hippocampes qui ont inventé un coït plus parfait que nos étreintes animales ? Cette marge de conscience que j'ai en plus, vaut-elle que je dure et que les antilopes, les serpents et les oiseaux-mouches s'effacent pour toujours ?

Il est écrit, dans la nature, que l'homme se perpétue par la chair et se survit dans ses œuvres. Je ne revendique pas d'autre éternité que celle-là, pourtant précaire, et celle-là même, j'ai cessé de la chercher. Rien ne me survivra, je suis un arbre mort. Je m'évanouirai dans les quatre éléments de la nature, et nul procédé d'ensevelissement ne peut me faire échapper à son étreinte finale. Il ne peut y avoir de survie que sur terre, à la surface du globe qui contient dans sa sphère close le symbole de tout ce que nous ne touchons, ici-bas, que par l'épiderme, et que nous n'éventrons jamais !

Le paradis sera terrestre. Les hommes ne parleraient pas tant du ciel, si ce port fantôme les attendait vraiment au terme de leur odyssée. Le ciel n'a de réalité que celle de notre mal qui l'appelle. Phantasme de la douleur, le ciel dure ce qu'elle dure et renaît en puissance chaque fois qu'un homme souffre ici-bas et n'entrevoit pas d'autre consolation que l'existence irréfutable, à ses yeux, d'un paradis. Celui qui a dit : « tous les paradis sont des paradis perdus », a vu clair dans ce grand conte de fées.

L'invérifiable peut porter tous les noms ; c'est sans conséquence et d'ailleurs sans fondement. Depuis toujours, l'humanité s'est préoccupée de baptiser des mirages, si bien que le ciel porte un nom différent dans chaque religion. Cette longue nomenclature ne constitue pas, pour autant, une preuve de son existence. De tous les disciples de Mithra, des millions d'ismaéliens, de chrétiens qui ont dû y être admis, qui donc en est revenu ? Les apparitions sont rares et douteuses, et Lazare ressuscité, après trois jours de mort, n'a parlé que de la terre humide et grouillante de vermine.

Le ciel des persécutés, des planteurs de coton, des insatisfaits, des blessés et des fous, n'en est pas moins une véritable trahison plus éternelle que l'éternité elle-même ! Je refuse cet embellissement idyllique de la mort ; je ne crains pas non plus le feu de la géhenne, ni l'enfer de Zoroastre, ni l'eau noire des mandéens. Hélas ! rien d'autre ne m'attend que ma décomposition...

Si le ciel existait, ce serait dans un baiser d'amour, né d'une étreinte fugace, ou dans l'extase insondable obtenue, par quelque moyen que ce soit, sur un lit d'occasion, ou encore debout, en vitesse, dans un portique d'église. Les extases meurent et ne se survivent pas, sinon dans la mémoire. On ne recommence jamais un baiser, on le remplace par un autre, et ainsi de suite jusqu'à ce que les lèvres soient mangées par les vers. L'effusion charnelle s'engouffre dans un lit anonyme et s'apaise trop vite. La dépossession qui suit est tellement insupportable qu'on imagine, pour corriger tant d'injustice, une effusion céleste, cela est compréhensible, mais n'en est pas moins une aberration. Tous les paradis mourront avec moi quand je rendrai le souffle. Dieu lui-même vit et meurt dans chaque homme. Il renaît avec les nouveau-nés. Il est aussi réel et aussi éternel que ceux qui ont foi en lui, mais pas plus. Son sort est lié à celui de chaque imagination périssable qui le crée et lui confère tant d'attributs transcendantaux !

Je ne crois pas en Dieu, le Père Tout-Puissant, ni en Jésus-Christ, son Fils unique. De tous les évangiles du dimanche, que j'ai écoutés dans ma vie, je retiens la dernière phrase du fils à son père : « Mon Dieu, pourquoi m'avez-vous abandonné ? » Lui aussi a donc connu ce que je vis en ce moment. Oui mon Dieu, pourquoi m'as-tu abandonné, pourquoi ?

Je n'ai plus qu'à continuer mon chemin, sans croix, calmement, en ne cédant pas trop à l'émotion, jusqu'à ce que j'aperçoive devant moi le parapet de

Beauharnois et, au-delà de cette porte de ciment, l'eau noire du Saint-Laurent. Dieu mourra donc une fois de plus, tout à l'heure, avec moi.

La seule rédemption possible, c'est le plaisir, et, pour moi, celui que j'ai supplié Madeleine de me redonner, à la fin d'un jour d'automne, et dont elle m'a privé. Quelques minutes après avoir quitté cette chambre, j'ai composé Régent 4-0747. Après plusieurs essais infructueux, j'ai réglé la note de la chambre, au guichet de l'hôtel, et j'ai rejoint mon auto, stationnée dans le parking adjacent à l'hôtel.

De là, j'ai filé comme un somnambule en contournant, une fois de plus, le Laurentien, j'ai pris Dorchester vers l'ouest jusqu'à la rue de la Montagne que j'ai grimpée jusqu'à son impasse, au pied même du mont Royal. Je suis entré dans le gros édifice en briques rouges, par une porte située sur la gauche, à l'entresol.

Un long temps se passa, avant que Nathalie ne vienne m'ouvrir et me faire signe d'entrer. Elle était drapée dans un kimono safran, parsemé de fleurs mauves tissées en relief. Nathalie s'est toujours habillée d'une façon spéciale, parfois extravagante, qui me plaisait beaucoup...

Je ne parvenais pas à capter son regard fuyant, mouillé, ai-je pensé un instant... Un étrange silence s'est installé entre nous. Tant de mois nous séparaient de ma seule visite à cet appartement qu'elle avait loué un peu pour nous deux, sans me le dire, pendant que, de mon côté, je me préparais à la quitter.

— Comment vas-tu Nathalie ?

— Très bien, toi ?

Son léger accent slave, car elle est née à Bucarest d'un père français et d'une mère roumaine, n'avait pas changé et me charmait autant. Par ailleurs, j'avais perdu le code de son visage et je cherchais, en vain, à rattraper mon retard de douze mois dans la connaissance de son visage ovale, de sa bouche moqueuse et de ses yeux un peu bridés. Nathalie tournait autour de moi, en glissant ses pantoufles sur le tapis blanc, et me souriait de façon égale, presque distraite.

— Tiens, je comprends ! lui dis-je, en replaçant le récepteur du téléphone délibérément posé en travers, j'ai essayé de t'appeler plusieurs fois avant de venir, et c'était toujours engagé.

Nathalie s'empressa de décrocher à nouveau le récepteur que je venais de replacer.

— Je ne veux pas qu'on m'appelle, me dit-elle, je ne veux plus recommencer !

Elle s'éloigna de moi encore, puis revint m'offrir un verre.

— Et toi René, qu'est-ce que tu deviens depuis le temps ?...

— Bah...

— Je te trouve bien pâle.

— Vraiment, je suis pâle ?

— Mais beau surtout ; du moins, en cela, tu n'as pas changé...

Quelques minutes plus tard, comme elle me montrait la nouvelle décoration de sa chambre, et avant même qu'elle n'ait fait de la lumière, nous nous sommes étreints dans le noir. J'avais deviné juste, Nathalie était nue sous sa cape japonaise. Je m'en suis vite rendu compte, alors que mes mains reconnaissaient, après tant de mois, sa peau veloutée, le creux de ses reins et bientôt tout son corps brûlant couché sous le mien.

Je possédais Nathalie, mais, à mon tour, j'étais possédé, anéanti par la force de son corps en délire qui me berçait comme la tempête. Nathalie fut foudroyée avant moi, mais elle prolongea son plaisir avec une avidité et un art qui me rendirent l'extase que Madeleine m'avait refusée quelques heures avant.

Nathalie se cramponnait à moi, et j'en vins à penser, devant son désespoir, que j'avais eu tort de revenir, comme un spectre, après douze mois d'absence.

— René, je suis malheureuse, terriblement malheureuse. Ma vie est gâchée. Plus rien ne compte pour moi, tu sais, plus rien, depuis que tu m'as laissée ! Un jour, je te raconterai ce que j'ai vécu depuis un an. Tu te souviens de cette nuit où je suis allée te chercher à l'appartement de Jean-Paul ? Vous étiez avec des amis, et, juste avant de frapper à la porte, j'ai entendu vos rires. Si j'ai frappé quand même, c'est parce que tu m'avais dit de venir te chercher là, à toute heure... Ne va pas croire que je t'en veux, René. Comment pourrais-je t'en vouloir maintenant, puisque je ne suis plus la même et que, de toute façon, tu ne me reviendras plus ? Mais, dis-moi, pourquoi m'as-tu traitée ainsi, pourquoi m'as-tu abandonnée aussi brusquement ? Rien ne nous divisait, je n'étais plus enceinte ce soir-là. Pourquoi, soudain, as-tu commencé à me détester, une semaine seulement après ma visite chez le médecin ? Ne me réponds pas, René. Tiens-moi bien fort, tiens-moi...

Quand Nathalie m'a annoncé qu'elle était enceinte de moi, je suis resté des jours sans dire un seul mot, jusqu'à ce que finalement, grâce à l'argent de Jean-Paul, tout s'arrange et qu'elle revienne, en pleine nuit, frapper à la porte de Jean-Paul et me demander de la garder, car elle ne voulait pas rentrer chez elle dans son état : le ventre enflé, fiévreuse, aussi impotente qu'une accouchée. Cette nuit-là, je lui ai dit, sur le palier :

— Va m'attendre au Luxor, j'irai te rejoindre. Tu comprends, il y a des gens ici...

Après le départ des amis de Jean-Paul, j'ai bien vu que le Luxor était fermé depuis minuit et je me suis trouvé seul sur le trottoir. Où Nathalie est-elle allée se réfugier, par cette nuit de décembre, oh ! cruelle parodie de la nativité dans une Bethléem hostile ?

Où est-elle allée coucher, cette nuit-là, puis le lendemain et les autres nuits, pendant que j'étais prisonnier de mon nouvel amour, rencontré par hasard, un soir de novembre, et à qui, chaque jour, je faisais alors des téléphones fiévreux ? Combien de fois Nathalie a-t-elle couché dans le lit de Jean-Paul, je veux dire avec lui ; car les fois qu'elle y a couché avec moi, je ne les compte pas ? Je me suis même demandé, l'autre nuit dans ses bras, si elle m'a trompé avec Jean-Paul avant même cette nuit de l'avortement, et du Luxor, où elle était venue me voir, [ou bien] chez Jean-Paul, portant le fantôme d'un enfant, dans son utérus gonflé de pus. Seul mon orgueil m'a retenu de lui poser la question que je me pose encore sans raison.

— J'ai vécu des choses affreuses depuis que tu m'as laissée, René. Il faut que je quitte cet appartement au plus vite, car il me porte malheur. Me sauver est encore la seule solution, déménager rapidement, car sinon, on me rejoindra...

J'étais incapable de l'écouter, sans que mon désarroi ne me revienne et que je le combatte par toutes sortes d'arguments. Après tout, me disais-je, qu'est-ce qu'un avortement ? Ce n'est rien de plus qu'un coup de sonde. D'ailleurs, Nathalie m'avait bien rassuré, en me racontant que sa mère s'était fait avorter cinq fois. D'après elle, à Bucarest, cela se passait ainsi dans le grand monde. Sa mère, m'avait raconté Nathalie, profitait de l'occasion pour prendre quelques jours de repos à l'hôpital. En termes de médecine, un avortement est une intervention mineure, analogue à l'ablation des amygdales.

— René, je voudrais en finir avec ma vie actuelle, fuir quelque part, à l'étranger. Cela est-il possible ? Il le faut, car je n'en peux plus de moi-même...

Nous nous sommes endormis entrelacés comme deux anciens amis qui ont gardé, en dépit des trahisons, l'habitude de leurs corps. Puis, quand je me suis réveillé, j'étais couché seul en travers du lit. Je perçus du bruit du côté de la salle de bains, je m'en approchai, et, en effet, j'entendis clairement une chanson monocorde que chantait Nathalie. Je poussai un peu la porte, et vis Nathalie refermer brusquement la porte de la pharmacie. Elle me regarda de son regard liquide dont je compris enfin l'étrangeté. Nathalie se frôla contre moi, souriante, et m'entraîna vers le lit tiède où nous nous sommes roulés comme une hydre obscène. Elle se lamentait, les yeux fermés, me rejetant ainsi hors de sa jouissance incommunicable...

Je me suis retrouvé seul sur ce rivage, ma tête appuyée contre son ventre apaisé, à surveiller les pulsations de mon ancien enfant qui avait vécu sous cette enveloppe impénétrable et que moi, son père, j'avait fait cureter comme un parasite, par un médecin roumain de la rue Saint-Antoine. Je baisais le ventre brûlant de Nathalie, mausolée de mon fils mort avant terme. Moi aussi, cette nuit même, je me liquiderai avant mon temps ! Je pleurais, pour la première fois, des larmes sur cet enfant sans nom, qui n'avait eu d'existence qu'à l'intérieur de ce coffre de chair. Lui non plus n'aura jamais connu d'autre univers que le labyrinthe sacré d'un ventre. Oh ! je voudrais mourir comme rejeton d'une liaison malheureuse, étranglé dans un ventre, et y rester enseveli.

Ma tête roulait sur le ventre de Nathalie qui chantonnait des refrains d'enfance, sous l'effet de la mescaline ou de je ne sais plus quel philtre. Dans ce lit sombre, où je trahissais Madeleine, j'étais venu rencontrer mon fils. C'est lui que je vénérais dans sa mère impure, c'est lui, mon enfant perdu qui m'apprit, ce soir-là, que je devais finir comme lui, tout près de la source.

Oui, que je meure comme on l'a tué : avant d'avoir vécu, prisonnier de mon sépulcre vénérien, noyé dans mon grand fleuve, comme lui dans le sang de sa mère. Ô mon fils ! mon pauvre ami, tu m'as devancé, je te rejoindrai bientôt dans l'eau noire...

J'ai honte. Dire que je n'ai même pas payé le prix de ton exécution ! C'est Jean-Paul qui a tout réglé, mais son argent, ces trente deniers, je ne les ai pas versés moi-même dans la main experte du médecin roumain ; Nathalie s'est chargée de ce trafic. Et quand ta jeune mère est sortie blessée de sa fausse parturition, personne ne l'attendait à la porte, par cette froide journée de décembre. C'est elle qui est venue me rejoindre, et je l'ai renvoyée, je lui ai dit de m'attendre quelque part, au Luxor ! Tu est mort le 9 décembre 1958, mais aucun registre ne révèle ta date de naissance, car tu n'en as pas.

Nathalie était à peine guérie de son infection puerpérale, que je la fuyais pour une autre femme qui m'envoûtait et avec qui je rêvais, en ce temps-là, de refaire ma vie. Des mois et des mois ont passé, avant que je retourne un soir à l'appartement de Nathalie, rue de la Montagne, pleurer sur son ventre, puis repartir aussitôt au milieu de la nuit, la laissant à ses craintes et à ses partenaires douteux.

Je fuis toujours. J'avance inexorablement vers le fleuve océan, je cours vers lui. Mon auto butera d'abord contre le parapet et chavirera, par-dessus bord, dans l'eau tumultueuse qui me poussera vers le grand courant. L'important, dans cette opération impossible à répéter, est de braquer juste, afin de donner à grande vitesse contre la balustrade de ciment. Après, je plongerai dans l'eau avec ma barque cinéraire ; ce sera la fin d'un voyage qui a commencé l'autre nuit auprès de mon fils et s'est poursuivi dans un dédale de chambres et de salles de bains, depuis ce 2 novembre, jour des mort-nés, jusqu'à aujourd'hui, le 27 novembre...

Il y eut la chambre 1801, secouée sans arrêt par l'aller-retour des trois ascenseurs de l'hôtel, puis la chambre 817 où, pendant trois heures, nous avons entendu un grand vacarme, comme si les ouvriers étaient en train de démolir la chambre adjacente. Un autre jour, nous nous sommes rencontrés au bar de la mezzanine, Au Ballon, où j'ai murmuré à l'oreille de Madeleine le numéro 603, avant de monter moi-même à cette chambre chiffrée.

— M'as-tu été fidèle, cette nuit ? lui ai-je demandé quand elle est entrée, avant même de l'embrasser...

— Tout à fait.

— Jure-le.

— René, je te suis toujours fidèle...

— T'es-tu mise au lit en même temps que lui ?

— Non, j'étais déjà endormie quand Charles s'est couché.

— Toi qui as le sommeil si léger...

— Crois-moi, mon amour. Je te jure que je t'ai été parfaitement fidèle !

— Tu ne t'es pas réveillée ?

— Pas quand il s'est couché. Plus tard oui, je ne sais plus à quelle heure...

— ... parce qu'il te caressait.

— Oh ! René. Ne dis pas cela, c'est horrible. Charles s'approche de moi toutes les nuits, mais je l'ignore. Moi ou une autre, peu lui importe, pourvu qu'il y ait une femme dans son lit...

— Mais la nuit dernière, qu'a-t-il fait ? Il t'a enlacée ?

— Oh ! je lui ai tourné le dos, j'ai fait la morte.

— Somme toute, tu t'es laissé faire !

— Mais non, René. Ne m'oblige pas ainsi à tout répéter deux fois, quand justement je ne veux plus y penser.

— Tout ce que j'imagine, c'est qu'il s'est collé contre toi, dans ton dos, sans que tu te défendes vraiment...

— Puisque je te dis que je me suis dérobée à lui. Ah ! ne recommençons pas, René...

— Comment pourras-tu lui échapper ainsi chaque nuit ?

— Emmène-moi, partons ensemble, sauvons-nous loin de tout, dans un pays étranger...

Quatre jours plus tard, nous nous sommes rejoints dans une chambre profonde et obscure, surplombant le devant de l'hôtel et le parc gelé où il n'y avait nul passant, sauf John A. Macdonald, immobile sous son baldaquin de marbre. Cette chambre me plaisait parce qu'elle était en creux, comme un vase, et que, en me réfugiant sur le lit, j'avais le sentiment d'être caché au fond d'une gaine.

— J'aimerais dormir toutes les nuits près de toi, René. Je me coucherais tôt. Dès dix heures, j'irais t'attendre dans notre chambre, en faisant semblant de lire. Ce serait merveilleux...

— Tu porterais des robes de nuit en soie...

— Oui, je ferais cela. Je m'achèterais des quantités de robes de nuit, de toutes les couleurs et de dessins multiples, si bien que j'en aurais une pour chaque nuit... À quoi penses-tu René ? Regarde-moi. Ne te lais-se pas aller encore à tes idées sombres. Mon amour, souviens-toi que, tout à l'heure, j'étais à toi... Ne me fuis pas dans tes songes. Si je vivais près de toi, il faudrait donc que je te berce toujours dans mes bras pour t'empêcher de sombrer. Allons, mon bel amour, ne sois plus triste.

— Depuis ton mariage, tu en as acheté beaucoup de robes de nuit ?

— Non. Mais laissons cela, veux-tu ? À bien y penser, avec toi René, je me coucherais nue...

— Et cela doit t'arriver parfois, avec lui ? L'été, quand il fait très chaud, ou même simplement parce que cela est bon, n'est-ce pas ?

— Je t'interdis, René ! Mon amour, c'est toi qui souffres le plus quand tu me parles ainsi. Je ne veux plus te répondre... Je t'aime, je t'aime, mais si ma venue ne fait que te détruire, je vais m'en aller. Nous ne nous reverrons plus... Ce n'est pas la première fois, tu sais, que je pense à notre rupture. Je ne t'en ai pas parlé, car ma résolution cède, de fois en fois, et j'hésite ainsi, depuis longtemps. Peut-être attends-tu de moi que je parte la première ? Toutes les questions blessantes que tu me poses depuis quelque temps seraient-elles un stratagème dont tu te servirais pour m'éloigner ? René, tu me le dirais, n'est-ce pas, si tu voulais me quitter ? Oh ! non... tu me le cacherais comme tout le reste ! Par exemple, tu ne m'as jamais révélé le nom de ton ami chez qui tu m'as emmenée, la première fois... Tiens, dis-moi son nom, sinon je croirai que tu l'aimes plus que moi. Qui est-ce ?... Tu ne veux pas me le dire ? « C'est sans importance », m'as-tu répondu quand j'ai demandé à connaître le nom de notre hôte... Tu es secret avec moi. Tu ne m'as presque rien raconté au sujet de cette femme qu'il y avait dans ta vie, avant moi, et qui est disparue si rapidement. Tu crois que cela me rassure ; au contraire je suis troublée à la pensée que tu peux te débarrasser d'une femme de cette façon. Dis-moi, comment l'as-tu quittée ? Tu lui as parlé de moi, ou tu lui as annoncé que tu avais cessé de l'aimer ou quoi encore ? Était-elle plus belle que moi ?... Si tu gardes silence, c'est qu'elle l'était, et plus jeune que moi sans doute ! Une jeune fille toute fraîche, avec de beaux seins et un corps... Tiens je ferais mieux de me voiler à tes yeux, car mon corps n'est pas beau, tandis qu'elle était sûrement resplendissante ! Au fond, tu n'as jamais aimé me rencontrer dans un lit, tu aurais préféré m'imaginer toute ta vie, sans jamais me toucher !... L'as-tu revue Nathalie, car je peux bien l'appeler Nathalie, c'est tout ce que je connais d'elle. Nathalie, c'est très beau... Elle devait être belle sinon tu ne l'aurais pas aimée. Quand je pense que tu t'es pendu à son cou et que tu l'as vue toute nue... Un corps superbe, probablement. Elle était grasse et opulente comme j'ai toujours rêvé de l'être. C'est bien cela ? Si tu n'oses pas parler, c'est qu'elle était infiniment belle... et j'imagine qu'elle n'avait pas eu trois enfants, elle ! René, ne me laisse pas parler toute seule, arrête-moi. J'imagine des choses atroces... Allons, qu'est-ce que tu as René ? Regarde-moi, tu pleures ! Mon amour, à quoi penses-tu ?

— M'aimes-tu, Madeleine ?

— Oui, je t'aime, oui, oui, mon amour...

— Je ne connaîtrai jamais la vie que tu as vécue, loin de moi, dans les bras de ton mari. J'ai le goût d'en finir, parfois ; je voudrais disparaître, éclater hors de mon âme, mourir...

— Mon pauvre amour, ne te laisse pas aller, puisque je t'aime.

— Dis-moi, étais-tu heureuse, quand tu étais enceinte de ton fils Maxime ?

— Heureuse ? Que veux-tu savoir René ? J'étais plutôt inconsciente...

— Ne mens pas Madeleine ! On dirait que tu crains de m'avouer que tu as été heureuse. Je ne t'en veux pas d'avoir été heureuse, je regrette seulement de n'avoir pas été près de toi pour lire dans tes yeux ta joie d'être enceinte ! J'aurais aimé t'avoir, près de moi, avec ton ventre plein de notre enfant.

— Je voudrais être enceinte de toi un jour, tu m'entends ? Oh ! pas maintenant, je veux dire : pas maintenant, si ton enfant ne devait pas porter ton nom, ni te connaître...

— Dis-moi combien tu étais heureuse, alors, de porter Maxime, je veux te l'entendre raconter.

— Oui, j'étais heureuse, René.

— Et déjà, tu aimais Maxime qui germait en toi, tu rêvais à lui, n'est-ce pas ?

— René, tu pleures...

— ... oui, parce que je te vois te promener dans ton appartement, et préparer ta valise pour aller le mettre au monde, à l'hôpital... Madeleine, nous ne vivrons jamais ensemble, c'est impossible, tu le vois bien ! Il aurait fallu que je te conduise moi-même à l'hôpital, que je serre ta main pendant tes douleurs et que je voie l'enfant naître de toi. Hélas, je ne serai jamais son père, ni lui-même... Comme je suis seul tout d'un coup !

— René, je t'aime plus que tout au monde...

— As-tu bien souffert quand Maxime est sorti de toi ?

— Non, presque pas. Francine et Pierre m'ont fait énormément souffrir. J'ai mis Maxime au monde sans la moindre difficulté, d'ailleurs je suis restée

consciente jusqu'au dernier moment ; je l'ai vu s'é-
chapper de moi...

— Mais quand il a surgi dans ton col, qu'as-tu
ressenti ? Quand sa tête était prise encore dans ton
étreinte, as-tu crié ?

— J'ai ressenti comme un plaisir violent, soutenu,
et qui me déchirait, une sorte de bouleversement
comme si mes muscles les plus éloignés et les moindres
cellules de mon corps vivaient et fonctionnaient, enfin,
triomphalement. J'ai joui, le médecin m'a dit cela
quelques jours après ; j'ai joui profondément, comme
tout à l'heure dans tes bras...

Je ne veux plus vivre, en aucun lieu connu, à
cause de ces aveux moroses ; et aussi d'un certain lit
à chevet de cuir jaune, coincé entre des murs gris
sans Clarence Gagnon (étrange oubli de la part du
décorateur !), et dont j'ai taché les draps de Beaujolais
1955, en renversant le verre de Madeleine. Autour
du lit, nous avions disposé, à la manière des natures
mortes, le Boursault entamé, le petit couteau mal
essuyé et l'étui mauve des « Norform ». J'étais empêtré
dans les draps et Madeleine me faisait manger.

— Tu ne me racontes plus rien, cela veut dire
que tu me caches quelque chose. Je te connais
maintenant. Tiens, mange, perfide !

— Tu as oublié de m'apporter une photo de toi
à vingt ans ! Probablement que tu as fait exprès !

— René... Je crains que tu l'aimes trop cette photo,
et cela me rendrait jalouse.

— À vingt ans, tu connaissais ton mari ?

— Non.

— À quel âge l'as-tu rencontré ?

— Je ne sais plus. Je devais avoir vingt-quatre ou vingt-cinq ans...

— Et dans quelles circonstances ?

— Tu me tends des pièges et je me laisse prendre. Si je te raconte ma vie, tu vas retourner tous mes souvenirs contre moi. C'est toujours ce qui arrive.

— Si je veux tant savoir, c'est parce que je t'aime, Madeleine...

— C'est bien vrai ?

— Oui. Dis-moi où tu l'as rencontré ?

— Dans une soirée chez les Trudeau... Je l'ai écouté, toute la soirée, me parler de ses projets. C'est tout. Quelques jours plus tard, il m'a téléphoné pour s'excuser de m'avoir tant parlé... et il m'a invitée à dîner. Le reste, tu sais...

— Et tu t'es mariée combien de mois après ce dîner ?

— Huit ou neuf mois plus tard, au printemps. La veille de mon mariage, j'hésitais encore. Mais comme j'étais seule, mon indécision même me paraissait normale. J'imaginais que toutes les fiancées de la terre passaient par là !

— Parle-moi de ton voyage de noces.

— Nous sommes allés aux Bermudes... Non, je ne parle plus.

— Je veux savoir.

— Pourquoi René ?

— Ta première nuit de noces...

— C'était à New York, où nous avons passé deux jours avant d'aller aux Bermudes...

— Que s'est-il passé pendant cette première nuit à New York ?

— Ne m'oblige pas à parler de cela, René...

— Mais quoi ? Il t'a brusquée, il t'a prise, possédée brutalement, allons, ne pleure pas et raconte-moi tout.

— Je n'ai rien à te raconter. Tu peux très bien imaginer toi-même ce qu'est une nuit de noces, même la mienne...

— Ce que j'imagine est odieux !

— Tout s'est déroulé normalement...

— Tu as eu mal ?

— Non...

— C'était bien la première fois que...

— Mais oui, René. Je n'ai pas eu mal et je n'ai pas saigné...

— Je dois donc imaginer que tu as éprouvé ta pleine jouissance pendant cette première nuit ?

— René !

— Réponds-moi...

— ... oui !

— Ce n'était pas ta première nuit. Tu lui avais cédé avant le mariage, tu avais déjà couché avec lui, dans une chambre d'hôtel peut-être...

— Non. Mais il y a des choses que tu devrais comprendre, il me semble...

— Je veux te les entendre dire...

— Qui donc t'a fait si mal pour que tu me parles ainsi, mon pauvre René ? Qui t'a blessé si profondément ? Pourquoi cherches-tu à m'offenser à tout prix ?

— Ne pleure pas maintenant...

— Je suis une femme. J'ai vécu tout simplement comme tant d'autres femmes. Je n'ai rien fait de mal, et c'est le hasard qui m'a empêché de te rencontrer plus tôt et de me réserver uniquement à toi. Ma nuit de noces n'a rien d'affreux : elle doit ressembler à des milliers d'autres premières nuits...

— Mais elle est à toi, Madeleine. Et j'ai besoin de te connaître tout entière, depuis que tu existes. Je suis affreusement jaloux de toute ta vie.

— J'ai commencé à vivre, un soir à l'hôtel Windsor, quand tu m'as regardée d'une certaine façon. Tu portais ton costume bleu foncé que j'aimais tant, et tu semblais malheureux, non pas malheureux, mais détaché, distant. Pourquoi ne sommes-nous jamais retournés au Windsor ? J'aimais cet hôtel, tu le sais bien...

— Cette nuit à New York, tu vivais aussi ! Et sans moi ! Pour te donner à ton mari et, dès ce moment, en jouir parfaitement, il fallait que tu l'aimes. C'était la première fois que tu te donnais à un homme ! Est-ce bien sûr ? Je ne te crois plus désormais. J'ai le sentiment que tu m'as toujours menti. La vérité, je ne la connaîtrai jamais. Mais tout me laisse croire qu'elle est, en général, contraire à tes paroles... Tu n'étais pas vierge, la nuit de tes noces. Ce n'était pas la première fois que tu t'enfermais dans une chambre avec un homme et que tu t'abandonnais à ses caresses... Madeleine, qu'est-ce que tu fais ? Non, ne te rhabille pas. Reste encore ici, pardonne-moi Madeleine. Je t'en supplie. Oublie tout ce que j'ai dit, car j'ai l'excuse d'être très malheureux en ce moment. Je n'ai plus le goût de vivre... Non, ne remets pas ta robe, je te le demande. Si tu ne me pardonnes pas et si tu refuses de me comprendre, aie au moins pitié de moi, oui pitié. Tu vois bien que je n'ai plus de fierté : je te demande pitié. Le plus grave, c'est que je crois la mériter pour toutes sortes de raisons obscures... Tu me quitteras, Madeleine, je le sais bien ; c'est toi qui voudras te séparer de moi. Ce jour-là, tu auras bien raison, car je suis entré dans ta vie pour te troubler seulement, et te faire souffrir ! Mais ne m'abandonne pas maintenant, ne me quitte pas aujourd'hui, mon amour, reste ! Je ne parlerai plus. Oh ! je te demande pardon...

— Mais, je te pardonne...

— Tu me pardonnes tout à fait ?

— Oui, tout à fait...

— Dans ce cas, oublie tout ce que j'ai dit qui t'a blessée. Jure-moi que tu n'y penses même plus déjà. Viens ici encore, approche-toi... Ne m'abandonne pas, sinon je vais mourir.

— Comment aurais-tu voulu que je vive avant notre rencontre ? Que je reste seule et me garde intacte, en ne pensant qu'à ta venue lointaine dont personne ne m'avait avertie, que rien n'annonçait ?

— Tu as raison. Je me suis conduit de façon insensée, Madeleine. Pardonne-moi de t'aimer si mal et de te blesser, quand je devrais te combler. Je t'aime, mais tellement que j'en suis consumé ; j'éprouve le besoin de te posséder tout entière, mon amour, je veux tout savoir sur toi, tout ! Je me couche seul chaque nuit, je tente, avant le sommeil, de reconstituer ton image, j'en suis incapable ; je constate que je ne te connais pas. Je ne sais rien encore de ta nuit de noces. Et il y a douze années de nuits de noces qui t'ont marquée, cela est certain, et dont je ne connaîtrai jamais l'alpha. Et quand tu étais petite fille, que faisais-tu ? Tu vois, j'ignore même où tu passais tes étés...

— Je passais mes étés à la mer, tout près de Providence.

— Et quand tu te baignais, comment te plaçais-tu pour recevoir la vague ? Qui aimais-tu en ce temps-là, sous le plein soleil ? Un garçon de ton âge, sans doute...

— Oui, mon frère.

— Tu ne m'as jamais parlé de ton frère.

— Il s'est noyé dans la mer, sous mes yeux. Il était très loin de la grève, à la ligne la plus dangereuse de la marée, là où il est presque impossible à un homme de nager vers le rivage, car chaque vague le fait glisser plus avant dans la mer...

La neige, de plus en plus épaisse, m'aveugle. J'ai les yeux fatigués, à force de regarder la route qui, par moments, devient indiscernable de ce qui la borde. Tout conspire à me retarder. La neige même serait une excuse pour m'arrêter dans un motel pour la nuit, quitte à reprendre la route demain à l'aube. Mais je ne cède pas. Je ne mettrai pas une nuit de sommeil entre l'instant présent et le terme de mon voyage. Beauharnois ne m'a jamais paru si loin de Montréal. Il est vrai que j'avance lentement et que, pour atteindre mon but, je dois traverser à nouveau tous les lieux de ma vie. J'avance presque majestueusement dans cette nuit blanche, sur un tracé parallèle à la rive sud du fleuve qui, lui, coule en sens contraire de ma progression. Quand je serai rendu au point de rencontre du barrage et du fleuve, véritable carrefour des trois routes, l'eau qui s'y trouve maintenant n'y sera déjà plus et roulera doucement dans son lit glacial vers Montréal, Cap Tourmente, Pointe-au-Père et l'Atlantique.

J'aurais voulu me baigner dans l'Atlantique, tout près de Providence, quand Madeleine y était à douze ans. Elle s'élançait sur le sable et courait de ses longues jambes vers les vagues. Ses cheveux noirs flottaient au vent et son visage éclatait déjà de sa beauté sombre. Comme tu étais gracieuse et fuyante, Madeleine...

Pour qui étaient tes regards mystérieux et quel baigneur subjugué contemplait tes gestes de Vénus Anadyomène ? Je vois, de mon siège de mort, le soleil de Providence chauffer tes jambes parfaites ; j'aime aussi tes seins d'enfant, tes épaules lisses, ton corps de vierge, palpitant sous un léger costume de bain...

Pour te posséder tout entière, il aurait fallu que je te possède sur cette plage, tout près de ces vagues à qui tu t'abandonnais sans retenue. Ma mémoire ne conserve aucune image de ce sable brûlant et de notre extase, et c'est cela qui me manque. Je voudrais violer ton âme de jeune fille, connaître ton premier désir. À qui donc ressemblait ton frère qui est mort noyé ?

Si j'avais été ton frère, j'aurais inventé mille prétextes pour m'approcher de toi, avec la complicité de l'océan. Je t'aurais entraînée par la main jusqu'au point d'éclatement des vagues et, en luttant côte à côte contre elles, nous nous serions insensiblement enlacés sous l'eau, en dehors du monde réel, dans cette densité aqueuse qui rend les corps plus légers, flottants, presque irresponsables... Ou bien, j'aurais attendu que la nuit descende dans notre grande villa, tout emplie du tumulte incessant de la marée, pour m'étendre près de toi, sur ton lit, et nous aurions vogué, dans cette frêle embarcation, vers une aube impossible. Le lendemain, je serais descendu sur le sable au lever du soleil, avec toi. Et je me serais avan-

cé seul dans l'eau froide, sous ton regard merveilleux. J'aurais marché longtemps dans l'eau jusqu'à
ce qu'elle me recouvre et que je meure de t'avoir
dévoilée, ma sœur...

Cet après-midi encore, dans la chambre 919,
j'aurais eu le temps de demander à Madeleine si son
frère n'était pas mort à l'aube, après une nuit d'orage
et d'inceste. Il s'est peut-être tué dans un moment
de grande allégresse et de lucidité, à peine échappé
de tes bras ronds de jeune fille et de ton corps pur.
Je regrette de ne pas avoir contraint Madeleine à me
parler de son frère, cet après-midi même dans notre
cachot. En écoutant son récit, j'aurais pu oublier mon
désespoir, un moment, et courir librement sur une
plage lumineuse et, surtout, posséder doucement,
avec d'infinies précautions et des ravissements inconnus, cette petite fille de douze ans, pénétrer dans ses
entrailles divines, envahir son ventre prématuré et
m'envelopper de son premier mystère amoureux...

Je mourrai comme son frère, mais sans avoir
possédé ma sœur apocryphe. Je ne tiendrai jamais,
entre mes jambes et sous mon regard fraternel, cette
jeune baigneuse qui s'ébattait dans l'Atlantique, tandis
que, ce même été, ma mère, enceinte de sept mois,
rêvait que je devienne un grand homme. Madeleine,
tu t'es baignée trop tôt sur cette plage, tout près de
Providence ; et maintenant, il est trop tard. Je fuis
ce qui me fuit. Le temps s'en va, moi aussi, je m'en
vais...

Quand j'avais quinze ans, j'avais résolu, je ne sais
plus pour quelle cause, mais en réalité n'est-il pas
illusoire de chercher les causes de tels projets ?, j'avais
donc décidé que je partirais, de nuit, armé d'une

hache et d'une pierre, vers le lac Simon, entièrement gelé et désert à ce moment-là. Une fois rendu sur la glace du lac, loin du rivage, j'y aurais patiemment creusé un trou et je me serais glissé dans l'eau, après avoir attaché solidement à ma ceinture la hache et la pierre. De cette façon, je serais descendu jusqu'au fond du lac, mon père m'avait déjà dit que le lac Simon est très profond, et j'y serais resté. J'avais imaginé, de plus, pour que mon départ ressemble à une assomption ou à une disparition inexplicable, qu'une nouvelle neige aurait recouvert la trace de mes pas sur la glace et précipité la cristallisation du trou sombre par lequel je me serais évadé.

La neige que j'appelais alors, pour effacer la trace de mes pas, descend devant moi en ce moment. Tout sera bientôt fini, et les quinze années de raisons d'être que j'ai accumulées depuis le rêve de cette mort ténébreuse, m'ont conduit au même trou noir et à la même immersion décisive. J'ai exploré tous les couloirs et toutes les chambres de ma vie, je suis allé jusqu'au bout de l'intolérable.

Maintenant, je veux sortir de ce ventre clos, comme un nouveau-né. Mais la lumière que je cherche ne luit nulle part ; en quittant les parois humides de ma prison, je n'irai pas vers le soleil, à moins que cet astre magnifique ne rampe lui-même au fond de l'eau.

Je ne crains plus rien. L'angoisse m'a abandonné en chemin ; l'angoisse, au fond, n'est qu'un dérivé de l'espoir, et je suis sans avenir. La tristesse, même, me porterait à l'exprimer et, l'ayant fait, à solliciter des compensations. La nostalgie, le spleen ou la simple mélancolie ne sont que des hyperboles dont la fonction est de forcer la compassion d'un partenaire. Et je suis seul !

Tout ce qui porte un nom est entaché de vie, et moi j'avance, braqué sur la mort ! Mon malheur est sans dénomination et sans objet. Madeleine m'a fourni, in extremis, les raisons qui me manquaient, à quinze ans, pour m'ensevelir au fond d'un lac gelé, par une nuit de neige. Mais, déjà, ce qui m'a ouvert les yeux ne compte plus. La désolation dont j'avais besoin pour me provoquer m'apparaît comme un signe entre mille autres qui m'inclinent, tous également, à mon irrévocable décision. Chaque lit d'hôtel a été une étape, mais aucune étape n'est cause de mon voyage. Mon projet n'est pas le produit d'une longue chaîne de déboires. Les déboires auraient-ils été moins nombreux et les voluptés plus aiguës, rien ne serait changé en moi, car je remets en question tous les instants de mon existence. C'est ma vie entière que j'apostasie ! Je ne me révolte pas contre la douleur ou l'injustice, mais contre le principe qui contient tout cela et l'encourage de son souffle. L'existence m'est advenue par hasard et sans que je le demande ; mais je choisis délibérément de mourir.

Si je devais continuer à vivre, je demeurerais respectueux des coutumes en vigueur dans la société. Par la mort toutefois, j'échappe à toute loi, posant ainsi le premier acte de ma vie qui ne soit pas moral. Mon suicide échappe à tous les codes ; il est absolu et sans appel.

Je prépare depuis longtemps ce baiser froid avec le néant, comme le mardi et le vendredi je préméditais longuement ceux que j'allais donner à Madeleine. Je ne suis pas triste, ni déprimé, ni affecté d'un vice cérébral ; je suis indifférent, mort à mon passé et à toute forme d'avenir, sauf celui, si bref !, qui est nécessaire à l'accomplissement de mon projet.

La vie vaut la peine d'être vécue, oui sans doute, la vie des autres, pas la mienne. D'ailleurs, les raisons de vivre sont à double sens et portent, en elles, le principe de leur contradiction. Ce qui m'ensorcelait, l'été dernier dans une chambre de l'hôtel Queen's, me pousse, ce soir, à me jeter vivant dans ce fleuve plus vivant que moi, que j'enrichirai mystérieusement de ma participation. Je me suicide, justement, parce que ma vie pourrait continuer comme avant et parce que je suis fatigué, très fatigué de naître et de mourir deux fois par semaine, en fin d'après-midi, dans les bras de Madeleine. J'ai conçu la plus grande froideur à l'égard des moments privilégiés de l'existence, autant d'échappées imaginaires hors d'une chambre sans fissure, aussi hermétique que les chambres à gaz !

Je ne porte aucun jugement sur la vie en général. Ma fuite est inimitable et ne concerne que moi. Je suis seul à me détruire et ne saurais détruire personne d'autre, dans cette rencontre sans adversaire. Ma vie seule est en cause, au bout de mon voyage. C'est elle que je veux liquider, elle, je veux dire moi ! Tout m'est supportable, sauf mon existence elle-même ! Je ne condamne rien, je déserte. Une fois de plus, je fuis, et j'inscris ma fuite dans celle du fleuve... J'ai décidé d'interrompre un jeu cruel dont je ne vois plus la raison d'être et où je n'ai plus rien à perdre ou à gagner. Ni défait, ni victorieux, je me retire d'un combat qui continuera bien sans moi...

À vrai dire, je suis défait, terriblement défait, depuis que je me suis relevé d'une certaine bataille d'écoliers. J'avais la joue éraflée et la lèvre fendue, presque rien, quoi ! Chute de bicyclette, ai-je expliqué à ma mère, après avoir pleuré longtemps, assis sur les bancs déserts de l'église Saint-Louis-de-France. Le combat s'est déroulé rapidement, devant un public de ma classe. J'ai perdu honteusement, puisque j'ai demandé pardon, de quoi grandir le triomphe de mon adversaire et me rabaisser le plus possible. Ce jour-là, je n'avais pas d'amis pour m'aider à me relever, le long de la palissade de la rue Berri ; personne n'était là pour me poser sa main sur mon épaule et marcher avec moi lentement.

J'ai vécu mes défaites plus profondément que mes victoires. En ai-je seulement eu des victoires, autres que morales ? L'école m'était une arène où je devais sans cesse me battre, mais dans le rôle du perdant. Que ma vie me paraît claire, quand je regarde à la lumière de tous mes échecs...

L'autre jour encore, quand je suis sorti du *Canadien*, après avoir appris la nomination de Pierre Lorion, je me suis relevé sans aide de l'ancien trottoir de la rue Berri et j'ai marché seul, le long d'une palissade opaque. Je n'ai rien dit à Madeleine, je me suis tu comme jadis devant ma mère. Ce même combat d'enfants s'est déroulé, dans la salle de rédaction du *Canadien*, entre mon adversaire et moi. Rien n'a été changé au prototype de ma défaite. D'ailleurs, ce n'est pas le hasard d'une bataille qui décide qu'on est vainqueur ou battu, mais une obscure prédestination. Si seulement j'avais conservé ma foi d'enfant, j'aurais pu m'asseoir dans une église inconnue, et attendre l'apaisement, dans le silence occulte des voûtes. Quand le monde entier aura perdu la foi, il faudra quand même garder les églises ouvertes, pour qu'elles servent encore de refuges et que leurs grandes formes féminines tiennent lieu de caresses, pour un enfant battu. Et des enfants battus, il y en aura toujours.

Je ne lutte plus avec la vie. Je n'essaie plus de remonter la pente, ni de me tenir à l'unisson des beaux sentiments. Le désespoir seul m'est permis, à condition que ce soit un désespoir calme, sans éclat, sans regret, sans visage. Je désire ma défaite, comme j'ai désiré Madeleine, cet après-midi encore, sur mon lit de mort.

Elle gisait sur le lit, et je la regardais sans émotion, comme l'assassin, j'imagine, regarde sa victime. Madeleine n'avait même plus son réflexe habituel de se couvrir la poitrine d'un drap ; elle s'abandonnait, nue, à la souffrance. Les aveux que je lui avais arrachés irriguaient mon cerveau de mille instantanés érotiques. Ces quelques heures de honte et de jalousie me plongeaient dans un véritable état de catalepsie.

Madeleine n'était plus, à mes yeux morts, celle que j'avais tant de fois possédée et que je venais de perdre, la veille encore, aux caresses de son mari. Les détails physiques de sa nuit infidèle m'empêchaient de la reconnaître ; au fond de ses réponses exaspérées, je n'ai pas cherché Madeleine, mais je ne sais plus quelle vérité sur sa trahison qui, une fois possédée, m'aurait libéré de son emprise. Madeleine n'existait plus. Son corps, capable de jouir par d'autres mains que les miennes, reposait sur le lit, abandonné à la douleur plus mollement que, la nuit précédente, à son injuste plaisir. Ma jalousie, gorgée enfin de tous les aveux qui manquaient à sa justification, devenait presque futile, et son objet même, Madeleine, s'estompait dans le clair-obscur de ma folie. Je me trouvais près d'une femme nue, maigre il est vrai, mais je me méfie de la maigreur qui est le symbole même de l'avidité ; je reposais auprès d'un être anonyme possédant, d'après la définition de son espèce, les attributs du plaisir et la science de l'extase.

Pendant des heures, j'avais posé mes questions et écouté ses mensonges, et soudain, réduit à mon commun dénominateur, j'ai désiré ce corps, riche de toutes ses connaissances amoureuses, capable de me ravir et de se laisser prendre, étreinte pour étreinte ! J'ai voulu me faire capter dans ses cerceaux, être surpris dans mon élan et devenir ambroisie pour ce vase de chair. Dans l'obscurité de la chambre, je ne distinguais que la peau de Madeleine, membrane impure et mystérieuse, pareille à la surface de la terre. J'ai enlacé Madeleine, pour la prendre, une dernière fois, comme Magellan a possédé la terre en traçant des ellipses sur son enveloppe. J'étais désespérément accroché à elle, pourtant je restais dehors, flottant avec elle vers les profondeurs. Je la tenais, mais c'est elle qui m'entraînait dans sa course, m'offrant, comme appui, sa peau impénétrable, mais aucun cri de défaite, aucun spasme qui m'aurait persuadé de ma puissance.

Pourquoi n'a-t-elle pas compris que je voulais déchaîner son plaisir, de la même façon qu'un Dieu souverain commande les transes de ses mystiques ? Je voulais provoquer cette tension prémonitoire du mont de Vénus, le refroidissement des lèvres devenues exsangues, les contractions propitiatoires au plaisir et le cri, le cri adorable qui témoigne de l'éternel retour du cosmos. J'étais cramponné à elle, mais, d'un seul mouvement obscur, elle a glissé hors de mon pouvoir, me rendant conscient à jamais de sa force et de mon infirmité.

Depuis un an, j'ai été ainsi rattaché à Madeleine, par un baiser incertain qui me donnait parfois le sentiment que je la possédais, alors qu'en réalité, elle m'entraînait, ravi, dans sa fuite merveilleuse. Il n'est de possession que par le dedans, et je reste dehors. L'invisible dedans de Madeleine m'est aussi hermétique que la Jérusalem céleste ; jamais je n'en connaîtrai les couloirs, les ventouses, ni les muqueuses. Jamais je ne circulerai dans ses chambres, ni ne me coucherai dans ses lits humides. Visiteur aveugle, je ne serai pas admis à habiter ma vraie demeure.

Oui, je voulais le plaisir de Madeleine, et, à défaut de ses preuves, des parjures habiles, comme je me suis laissé dire que les putains savaient en donner à froid. Au terme de notre dernier combat, j'attendais l'orgasme de Madeleine qui, me confirmant ma domination, l'aurait diluée aussitôt en torrent. J'espérais sa participation rituelle, et non pas mon empyrée solitaire, ma pire défaite et le début de ma décomposition !

Le volant est juste vis-à-vis ma poitrine, et sa tige à tubercule me frappera à la hauteur du sternum qui sera fracturé ou broyé selon l'intensité du choc. Ce premier coup violent m'immunisera contre la douleur ; je n'aurai plus conscience que ma tête sera projetée contre le pare-brise, à moins que le plexiglas du volant ne cède sous ma première pression et que, sans sa protection, je ne heurte de tout mon poids le tableau de bord. Cette variante comporte plusieurs morts possibles : je pourrais aussi bien m'ouvrir le front sur le coin supérieur du tableau de bord, que faire éclater une artère de mon cou en frappant l'arête du volant... Mais qu'importe la manière dont je me blesserai, pourvu que je meure peu après. Il importe donc de filer à toute allure, en me ménageant une dernière longueur en ligne droite, et d'enligner l'auto face au garde-fou et en direction du fleuve qui coule juste en dessous. À l'endroit précis que j'ai choisi pour plonger, la route est suspendue sur pilotis ; en réalité, c'est le début du pont qui longe la face de la centrale, accroché à elle comme un balcon. Donc, au-delà du garde-fou, c'est l'eau de la rivière, propulsée violemment dans le fleuve par les turbines, et devenant ainsi eau fluviale. Aucun accident de terrain, aucun arbre, aucun pylône ne peut arrêter mon envol. Je l'espère du moins. De toute façon, j'ouvrirai les fenêtres de l'auto pour en sortir comme un poids mort ou m'y noyer plus vite, au fond du fleuve, bien assis dans mon embarcation... Je coulerai avec ma carrosserie comme un capitaine aux commandes de son navire perdu. Je descendrai subitement dans l'eau du fleuve et là, je frôlerai les grands poissons préhistoriques, égarés dans les eaux douces et cherchant leur mer, à contre-courant.

Le moment approche où je plongerai dans l'eau dissolvante qui me métamorphosera en eau. Que tout se rompe en moi, et que je me liquéfie comme tous ces animaux marins qui enrichissent l'eau de leurs corps dissous, depuis des millénaires, et redeviennent ainsi nourriture diffuse pour leurs frères vivants ! Je m'enfoncerai dans ce grouillant cimetière, je mêlerai ma substance à ce courant multiple et éternel. Je ferai mon entrée, inconscient, dans ce nouvel univers, et qui sait si, au fond de cet aquarium, et malgré l'hiver qui glace la surface des choses, je ne trouverai pas l'été aquatique, un jardin tropical protégé des grands vents du nord ?

Enfin, mes parois mentales se dilateront et je deviendrai, après cet épanouissement suprême, pur liquide. Je serai enveloppé de ma vraie substance, cette eau dans laquelle toute vie a germé et qui dissout tout ce qu'elle porte. L'eau pénètre tout et se glisse dans tous les interstices du réel. Toute vie est poreuse et l'osmose est la forme absolue de l'amour... L'eau du fleuve m'envahira par la bouche et les narines, puis, sous l'effet de cette imprégnation, glissera sous mes paupières comme une larme et m'emplira le crâne, puis elle possédera mon sexe par une infusion excessive qui le rendra méconnaissable. Sa caresse patiente visitera toutes les fissures de ma peau, coulera entre mes tissus comme une hémorragie interne, et tout ce qui contient, en moi, contiendra de l'eau. Je serai vase, outre, putain. Possédé enfin par le dedans, je m'identifierai à mon envahisseur ; je deviendrai semblable à lui : coulant, insaisissable, profond. Toutes les images consistantes que j'ai accumulées en vingt-neuf années de vie réelle, à la surface des choses, disparaîtront dans mon naufrage. J'enfoncerai avec mes trésors, mes angoisses, mes certitudes et les numéros des chambres que nous avons habitées pendant quelques heures. La liste de mes amis, mon carnet d'adresses, le catéchisme que j'ai déjà su par cœur, mes souvenirs d'enfance, les robes soyeuses de Nathalie, tout ce que je possède s'épanchera comme un liquide menstruel. Mes os, encore en place, iront rejoindre les carènes des navires coulés pendant la guerre de Sept Ans. Je disparaîtrai. Je ne serai rien, rien d'autre que l'eau assoiffée dans laquelle je me serai répandu. D'aucune façon je n'existerai par moi-même, selon la notion courante d'identité.

Couché au fond de mon lit sans soleil, où je n'aurai pour partenaires que les auriges et les marsouins blancs, je voguerai lentement le long des deux rives du fleuve... comme, une fois seulement, j'ai suivi un fleuve de sang qui coulait entre les cloisons endolories d'un ventre, pour me jeter, au terme de cette épopée amoureuse, dans l'affreuse lumière. Depuis, mes yeux ne se sont jamais habitués au soleil. Je le fuis depuis ma naissance. Ce que je veux retrouver, c'est cette course ténébreuse dans l'eau du fleuve, et tout ce que j'ai aimé dans l'intervalle entre ma venue au monde et ma mort prochaine.

Tous les paysages de ma vie, je les reverrai, peut-être, quand je longerai la rive de Verchères, ou les falaises de Sainte-Angèle et quand, au large de l'île d'Orléans, j'apercevrai au nord les forêt de sapins et, dominant ces bois mauves, mon grand arbre de l'Institut Prévost, dépouillé de son feuillage, semblable désormais à un arbre de mort. La mort est un voyage, et si j'avais choisi un cercueil pour la longue traversée que j'entreprends, j'aurais pris le chêne de ma dépression, ce grand cercueil noir dans lequel j'aurais navigué...

Verrai-je aussi, en descendant le Saint-Laurent, les Laurentides sombres derrière Pointe-au-Pic et Tadoussac, et la route, bordée de platanes, que j'ai parcourue, en pleine nuit, tout près de Dijon, en 1955 ? J'ai aimé cette route envoûtée de feuillages, resserrée sur elle-même par une infinité d'anneaux sombres et que j'ai parcourue à toute allure, dans ma Simca louée, avec une mystérieuse avidité. Ce que j'ai déjà vu, le reverrai-je encore, encastré dans ma tombe fluide ? Les lacs où me conduisait mon père au terme de longues marches en forêt, les vallées dont je ne me souviens plus des noms, les ruisseaux que j'ai suivis en courant, le Pausilippe et la mer d'Italie, et la mer Champlain dont on conteste encore l'emplacement de ses rivages néolithiques, tout cela est-il perdu ?

Quand mes yeux seront emplis d'eau et que la surface des vagues les couvrira comme une paupière, je retrouverai le nom des arbres que j'ai frôlés une fois, les fleurs jaunes qui poussaient à Val David, le goût de la cantharide et le chardon de Mingan ; les brouillards du printemps et la neige éternelle qui trouble ma vue, en ce moment, pendant que je conduis ma Chevrolet. Tout ce que j'ai perdu, je le retrouverai par l'intérieur, pendant mon immersion posthume dans l'eau qui est le principe de la vie. Tout vient de l'eau ; plus on descend au fond des choses, plus on descend dans l'eau. Je n'aurai plus besoin de regarder les choses, je participerai de leur essence, je les connaîtrai par l'intérieur, dans ce qu'elles ont de liquide et tout est liquide. Les cénobites ne se perdent pas en Dieu plus profondément que je ne me perdrai tout à l'heure dans l'eau théologale, portrait de tous les dieux, âme véritable de la création, sainte mère...

Je me tenais debout dans ma maison, heureux et sûr de moi-même, quand soudain un bruit retint mon attention ; une sorte de craquement de plancher, comme il s'en produit parfois. À peine étais-je remis de ma distraction, qu'un autre bruit, émanant des murs mêmes de la maison, me troubla. Je vérifiai d'abord la porte d'entrée ; elle était intacte, bien fermée. Puis je regardai vers l'autre extrémité de la maison et je vis, au bout d'un long couloir, qu'un battant de fenêtre était ouvert. Je compris soudain, en état de panique, que quelqu'un venait d'entrer par cette fenêtre. La résonance réelle de mon cri de terreur me réveilla de mon rêve. Jamais je n'ai crié dans un rêve. Il fallait donc que celui-là fût terrible, pour me bouleverser au point que mon épouvante onirique me poursuivît le lendemain et m'oppresse encore.

Maison, couloir, porte, fenêtre, autant de clefs faciles pour déchiffrer ce songe ! C'est l'enfance du cauchemar, l'abc de l'oniromancie, me dirait le docteur Rhéaume ; pourtant, ce cri, commencé pendant le rêve et répercuté dans la réalité de mon appartement, me paraît la seule clef de ce songe, son seul élément troublant. Il me semble que j'ai déjà crié ainsi comme un étranglé, au fond d'un couloir annelé, quand j'ai aperçu une fenêtre entrouverte sur le dehors, et que j'ai compris, trop tard, qu'il y avait une fissure dans mon univers fermé. Au fond, ce rêve n'en était peut-être pas un, et se rapproche plutôt d'un souvenir. J'ai revécu, l'autre nuit, l'instant, brutal et inoubliable, de ma naissance ; à travers l'écran de vingt-neuf ans d'obscuration, j'ai gémi une seconde fois au seul affleurement indistinct de ce souvenir atroce.

Je n'aime pas le jour et ma venue au monde m'a traumatisé à jamais, si bien que, depuis, je ne cesse de dépérir et de me sentir nu, comme un arbre à qui on aurait, d'un seul tour de main, enlevé son écorce. Il doit y avoir des naissances heureuses ou terribles, vite obnubilées par l'autodéfense de l'enfanté ; moi je n'ai rien oublié, et j'ai grandi dans la terreur de vivre et dans la haine du soleil. Quel cauchemar que l'enfance, quelle jungle sans pitié que l'école où j'ai dénombré mes premiers ennemis ! Même à l'annonce des congés, j'avais peur, car je voyais de longues journées disponibles devant moi où j'allais jouer avec les autres, c'est-à-dire me battre et perdre. J'attendais fiévreusement la tombée du jour et le couvre-feu de sept heures qui me ramenait au fond de ma maison, protégé par les murs de plâtre reliés au plan-cher par les plinthes et au plafond par une moulure décorative. J'étais bien, enfermé dans ma chambre, quand je ne voyais rien par ma fenêtre, que l'opacité protectrice de la nuit. J'ai vécu en chambre ; le dehors, le reste du monde, les autres, la lumière du jour, tout cela m'a terrifié, pour des raisons obscures qui, depuis mon rêve, me paraissent élucidées. Ma nostalgie a commencé dès le jour de ma naissance.

Je mourrai sans un cri, car mon regard est déjà fait à la noirceur de l'eau. Je veux fuir tout ce qui m'éclaire et me coucher dans l'eau comme le soleil se couche, au crépuscule, après sa course. Ainsi, caché sous les flots, immergé comme un héros aquatile, je deviendrai poisson divin.

Je descendrai le Saint-Laurent jusqu'à sa bouche ouverte, puis, errant dans ces grands vases communicants, je verrai les deux rives du Jourdain se rapprocher de moi, toutes couvertes d'arbres de Judée et de cyprès noirs, oui, je me rendrai jusqu'au Jourdain, et je voguerai entre ses eaux baptismales, comme un prophète noyé. Ah ! que la route est longue et aveuglante la neige. Je n'en peux plus de tenir mon volant de mes deux mains crispées, et de rouler, contre la rafale, dans mon auto fantôme. Il me presse d'arriver au bout de cette route et de plonger dans mon avenir. Oui, je veux errer, quand je ne serai plus, dans les eaux du Jourdain, réchauffer mes flancs aux flancs brûlants de la Galilée, divaguer sous les eaux du lac de Génésareth ; puis, m'enfoncer dans le ventre de la Judée, la percer de mon symbole dissous, couler en elle comme un caillot noir et me jeter, comme tout ce qui coule, dans la mer Morte où je baigne déjà depuis ma naissance. Si je m'arrêtais quelque part sur la rive orientale du Jourdain ! Mes membres, capables encore de coordination et de volupté, s'accrocheront peut-être aux racines sous-marines d'un vieil arbre à croix. Voilà, je serai arrêté dans ma dérive, je prendrai racine tout près des roseaux et des nymphéas, et je renaîtrai ! Je renaîtrai, non pas pour interpréter une fois de plus le même rôle sur un nouveau théâtre, mais pour vivre une autre vie. Ce long voyage, à travers les cours d'eau du monde et jusqu'au fleuve antique, aura opéré ma transsubstantiation : je serai un autre...

Voici que je forme en moi, à l'instant de tout quitter, le rêve de tout retrouver, sous une autre forme, dans une autre substance et selon des lois glorieuses ! Quelle folie d'accorder mon attention à ce rêve antique de transmigration ! Mais qu'importe ! Je veux, au bout de ma longue traversée nocturne, renaître comme un Nazaréen sur les rives lumineuses du grand fleuve, sortir de l'eau après un long baptême de mort et revivre, encore mieux : vivre ! Car ce ne serait pas vivre que de savoir que je vis pour la seconde fois, et de porter en moi tous les souvenirs de ma vie antérieure que je veux confisquer, cette nuit même, par mon suicide. Je voudrais vivre, sans traîner en moi le reliquaire des instants passés. Il faudrait me transfigurer dès maintenant, tandis qu'il est encore temps, et que je ne sois pas égal à la somme de mes souvenirs. Ah ! être un autre : ne pas me souvenir que je redoutais chaque jour, au retour de l'école, de trouver ma mère suicidée au gaz dans notre cuisine ; ne pas me souvenir surtout qu'une nuit, au mois de janvier 1955, je me suis levé de mon lit... J'ai hanté, sur la pointe des pieds, les couloirs silencieux de l'Institut Prévost, pour me glisser dans le bureau du docteur Rhéaume avec l'habileté d'un voleur et m'emparer d'un flacon de lysol. Une fois revenu à ma chambre, face à la fenêtre d'où je voyais le jardin et son arbre, j'ai absorbé d'un trait mes deux onces de mort, et je suis resté debout, dans l'obscurité et le silence de ma cellule, déjà inséminé, à attendre la fin, en regardant, devant moi, l'arbre géant, mon complice. Pendant ces longues minutes, j'ai revécu ma vie, malheur par malheur, avant de la perdre et, après une longue attente, j'ai finalement reconnu les premiers symptômes de la rupture totale et, malgré tous mes efforts, je n'ai pas pu m'empêcher de crier, ce qui a ameuté les gardes et m'a fait tout gâcher. S'il était possible d'oublier cela et de ne plus me rappeler qu'un soir je suis entré au Windsor pour interviewer un écrivain et que j'y ai rencontré, plutôt, ma noire Sulamite ! J'aurais mieux fait de ne pas coucher avec elle, de ne pas changer de lit et de chambre toutes les semaines, de ne pas apprendre ce qu'elle m'a révélé, hélas ! sous ma folle impulsion ; ne pas projeter notre fuite à Paris ou Rambouillet, ne pas démasquer celui qui l'a rendue impossible et, par conséquent, ne pas rentrer chez moi, un soir, avec le désir de boire un vrai poison, ni me réveiller le lendemain, plus résolu encore ; ne pas visiter d'autres chambres inutiles, ni rencontrer une dernière fois Madeleine à la chambre 919, cet après-midi même, et ne pas la quitter en lui disant « à minuit », comme si c'était avec elle que j'avais rendez-vous ; ne pas conduire ma Chevrolet sur une route enneigée, vers onze heures du soir, le 27 novembre 1959, alors que le monde est englouti sous la neige et que tout m'est voilé par ce drap blanc sur lequel je ne cesse de glisser ; ne pas connaître la neige désespérante qui revient, chaque hiver, me dérober ce que je croyais connaître...

Je voudrais effacer tout cela, et commencer ma vie à neuf, renaître quelque part près de la mer Morte, vivre sous le soleil, parler avec des amis, être juif, guérir les aveugles, agir. Encore mieux, je voudrais poser, dans cette existence seconde, un seul acte, capable par sa force et sa beauté de résumer toutes mes vies possibles. Mais que pourrais-je faire que mon frère le Nazaréen n'a pas fait lui-même et que je suis sur le point d'accomplir, à son imitation ? Jésus s'est donné la mort. Les exégètes ne peuvent voiler la vraie signification de sa mise à mort. Tous les actes sont maladroits ; un seul peut être précis et total. Si le Christ était mort dans un accident quelconque, les actes de sa vie deviendraient trop humains : sa crucifixion seule les illumine, et récupère ses ambiguïtés d'homme en une divine cohérence. Mais lui, mon Sauveur, devait bien savoir, cloué à sa croix, qu'il ne sauvait rien, sinon sa propre existence du désespoir !

Moi, je renonce même à une interprétation de ma mort, qui, aux yeux d'un curieux ou d'un sympathisant, colorerait ma vie antérieure qui n'a été qu'un patient échec. Je déguise mon acte en accident de route et je lui confère ainsi, à l'avance et pour la seule durée de ma perception, une signification qui est la destruction même de toute signification. Je n'admets pas que mon refus soit autre chose qu'une mort insignifiante. L'annoncer, ou l'avouer, par un échantillonnage de signes habilement parsemés derrière mon passage, équivaudrait à une profession de foi dont les prémisses, pour une âme sœur qui les chercherait après ma disparition, reposaient déjà dans mon comportement de vivant. Ainsi, mes paroles, mon regard, mes gestes les plus rituels et même mes réflexes organiques, tels que le plaisir que je ressentais encore cet après-midi à me laisser méduser par la bouche de Madeleine, au point que j'en perdais toute dignité physique, tout mon passé paraîtrait, à mon éventuel historien, la cause diversifiée et la préparation évidente de mon suicide.

En fait, ma mort n'est que ma mort. J'en fais un accident pour qu'elle entre dans une des catégories bien connues de décès naturel, celle des hasards de la route. Si je m'arrangeais pour qu'on sache que ma mort n'est pas involontaire, c'est que je croirais encore en la vie. Toute forme de spectacle relevant de la vie, en donner un pour me supprimer deviendrait un non-sens. Je désire que ma mort n'ait pas plus de valeur que ma vie, et que son annonce n'ajoute aucun double sens à la longue série d'actes maladroits, infirmes et embryonnaires qui résument mon passage ici-bas.

Lundi matin, dans le *Canadien*, Jean-Paul insérera un post-mortem en page trois : « Dans la nuit de vendredi à samedi, notre confrère René Lallemant a trouvé la mort dans un accident de route. Son auto a dérapé sur le pont adjacent à la centrale de l'Hydro-Québec, située à quelques milles de Beauharnois. Ce n'est que tard dans la nuit qu'un passant a découvert la brèche qui a été faite dans le parapet du pont.

« On a repêché la Chevrolet que conduisait René Lallemant, samedi matin, à environ trois cents pieds de son point de chute, étant donné la force du courant à cet endroit du fleuve. On n'a pas encore retrouvé le corps de son occupant. Les recherches se poursuivent encore, au moment où nous allons sous presse, mais le directeur de l'escouade de sauvetage de la Police Provinciale ne cache pas son inquiétude quant à leur résultat. Il a laissé entendre que la formation des glaces, dans le bassin du lac Saint-Louis, rendait le travail de ses hommes quasi impraticable. De plus, le temps de plongée des scaphandriers, a affirmé le capitaine X, est réduit par la basse température de l'eau du fleuve. Nous déplorons la perte de René Lallemant qui faisait partie de l'équipe de rédaction de notre journal depuis cinq ans. René Lallemant s'est fait remarquer par le brio avec lequel il questionnait les personnalités de passage à Montréal. Depuis déjà trois ans, nos lecteurs sont familiers avec ses interviews. Membre actif du Syndicat des Journalistes canadiens-français, le disparu bénéficiait d'une réputation avantageuse auprès de ses confrères qui s'accordaient à lui prédire une brillante carrière. Nous déplorons sa mort survenue si tragiquement alors qu'il se rendait, en service commandé, à Beauharnois. »

Il est bien possible que Jean-Paul se contente de publier ma photo avec un bas-de-vignette, comme on le fait tous les jours pour ceux qui sont élus président de compagnie ou promus à un poste quelconque. Un bas-de-vignette qui se terminerait sur ce ton : « ... On n'a pas encore retrouvé la dépouille du disparu qui ajoute son nom à la liste nombreuse de victimes des accidents de la route, causés par la première bordée de neige. »

Il est bien possible aussi que Jean-Paul ne consacre même pas un articulet à ma disparition, ni surtout une photo, mais que délibérément il insère mon nom et mon adresse parmi ceux des douze ou quinze mortels qui, d'après les statistiques, devraient trouver la mort sur la route d'ici lundi matin. Cela lui ressemblerait plus !

À ses yeux, j'aurai gâché ma mort, comme il m'a reproché de bâcler certaines interviews ! Il préférait, à mon honnêteté, les titres en panache de Pierre Lorion et son genre de questions-chocs ! Les reproches professionnels de Jean-Paul m'ont miné lentement, depuis le jour où j'ai accepté de travailler avec lui. À la fin, ne pouvant pas être à la hauteur de ce qu'il exigeait de moi, j'ai probablement fléchi et j'en suis venu à travailler d'après une routine sans doute facile. Je ne me cassais plus la tête pour ressembler à celui qu'il voulait que je sois à tout prix, et que je ne suis pas. Quand Jean-Paul changeait mon titre avant d'envoyer l'article à la typographie, j'en faisais une dépression. Et puis, il a dû s'apercevoir que je mettais plus d'imagination à inventer des prétextes pour sortir qu'à taper mes articles. S'est-il aperçu de la régularité de mes fugues, à quatre heures le mardi et le vendredi ? Sûrement ; et cela aussi, il me l'a fait payer. Je ne serais pas étonné qu'il ait fait de mauvais rapports contre moi, auprès de la direction, dans les jours qui ont suivi ma candidature au poste de correspondant à Paris. Il a dû leur confier, sur un ton de détachement et d'objectivité professionnelle : « Vous savez, je connais très bien Lallemant, et je ne crois pas qu'il soit capable de faire un bon correspondant à l'étranger. Il écrit bien, enfin, il fait un travail propre, mais, vous savez, le milieu des journalistes à Paris est une jungle. Il faut être agressif, débrouillard, rapide. Ce n'est pas tout d'avoir du talent et du charme. Et d'ailleurs, le talent de Lallemant... » Il suffit de quelques mots bien placés pour détruire un homme. Il est vrai que je ne manifestais plus tellement d'intérêt au journal, depuis quelque temps, et que je prenais les choses avec une certaine insouciance. Mais justement, je n'aurais pas agi ainsi à Paris. Il fallait que je quitte cet éteignoir qu'est la salle de rédaction et, surtout, que je m'éloigne de Jean-Paul, pour donner mon plein rendement. C'est parce qu'il savait tout cela qu'il m'a bloqué, et pour se prouver, une fois de plus à lui-même, le pouvoir qu'il possédait sur ma vie.

141

Qu'il me pardonne cette dernière pensée. De nous deux, je le sais bien, j'ai toujours été le plus cruel. Avec Jean-Paul, je n'ai pas cessé d'être injuste ; au fond, je ne lui ai pas pardonné de m'avoir aidé et d'être plus fort que moi en tout. Qu'y a-t-il donc eu entre nous, par quelle sorte de liens avons-nous été unis l'un à l'autre, pour que notre amitié se déroule comme une lutte imprécise et lâche ? Je voudrais, non plus l'insulter... (de toute façon, le temps me manquerait, puisque je viens de passer ville de Léry, anciennement Bellevue, et que je m'approche de Beauharnois), mais plutôt me jeter à ses genoux et lui demander pardon.

Ces derniers temps, nos conversations tournaient court entre nous, par ma faute, car c'est moi qui ai changé, non pas lui. Je suis un fuyard, il me l'a toujours reproché ; je l'ai fui mille fois et chaque fois plus loin. Il a souffert à cause de moi, parce que je n'ai fait que le rejeter... Verra-t-il, dans ma mort soudaine, ma dernière fugue ou bien une autre trahison ?

Moi, je n'ai pas oublié le voyage que nous avons fait ensemble l'an dernier, au congrès des journalistes à Québec. Un soir, dans le motel que nous partagions, il s'est jeté à mes pieds, par dérision, cela va de soi, ou plutôt pour se moquer de moi. À ce moment-là, une extravagance de plus ou de moins, de sa part, ne pouvait me faire croire qu'il y avait d'autres motifs à son comportement qu'un souci maladif de se donner la comédie. Mais ce soir, alors que mes minutes sont comptées, je regarde autrement cette farce de Jean-Paul, au motel Jacques-Cartier. Je vois encore ses yeux défaits qu'aucun sarcasme ne vient plus voiler et qui me fixaient étrangement.

Si je m'étais trompé tout à fait au sujet de Jean-Paul et que je sois passé à côté de la vérité de notre nuit au motel ? Car il est plausible que les confessions qu'il m'avait faites, ce soir-là, sur le ton d'un jeu obscène, soient vraies et que je me rende trop tard à leur évidence amoureuse !

J'ai donc vécu aveugle, et c'est maintenant, sur la route de Beauharnois, que le don de voir m'est rendu, à un moment où il ne peut engendrer que le regret, puisque, au point où j'en suis de mon itinéraire, le désir serait mensonger. Ma lucidité tardive m'incline à intervertir les rôles entre Jean-Paul et moi ; je découvre ainsi que j'ai été cruel et lui, ma victime. C'est donc moi qui donnais la comédie, puisque j'ai joué son jeu sans sincérité, par pure convention, tandis que sa parodie était un drame véritable et ma riposte, un mensonge bien plus affreux que celui que je croyais commettre alors, par jeu. Si cette nuit de conversation, au motel Jacques-Cartier, a été telle que je la comprends maintenant, Jean-Paul a eu raison de me détester par la suite quand il a vu que je reniais, comme à plaisir, mes propres serments.

Jean-Paul, je voudrais t'embrasser comme un frère. Je t'ai méconnu, je t'ai blessé, mais toi, tu n'as jamais cessé de me regarder dans les yeux comme pendant cette nuit à Québec, la dernière de notre congrès. J'étais sur mon lit, toi sur le tien, tous deux épuisés et un peu ivres, et j'ai laissé un malentendu s'établir entre nous, si bien que, de retour à nos habitudes de Montréal, n'ayant même pas compris la portée de mon geste, je n'ai pas mesuré ma méchanceté, ni ta blessure. Par la suite, comment pouvais-je admettre que tu te venges, avoue que tu t'es vengé !, quand je croyais ne t'avoir rien fait ?

Beauharnois, deux milles. Ce segment de route qu'il me reste à parcourir m'est très familier. Quand j'étais enfant, j'ai passé deux ou trois étés dans une villa, sur le bord de l'eau à ville de Léry, quand ville de Léry s'appelait Bellevue. Quand mon père revenait de son travail, le soir, après dîner, il m'emmenait avec lui faire une promenade du côté de Beauharnois. Nous ne nous rendions pas jusqu'aux abords de la ville, car Beauharnois était trop loin pour mon père et moi, qui déambulions lentement, en longeant le bord du fleuve que nous apercevions très peu, si je me souviens bien, à travers les haies d'arbres qui entouraient les villas riveraines. Mais nous allions assez loin parfois, sans trop parler, et nous revenions à notre maison avec la nuit. C'est au cours d'une de ces promenades que mon père m'a conduit jusqu'au pont du barrage de Beauharnois... L'été finissait. Mon père portait une veste de laine blanche que je trouvais très belle. À l'approche du pont, comme je manifestais de la fatigue, il m'avait pris sur ses épaules. Et c'est ainsi que j'ai aperçu, pour la première fois, le pont tendu sur cet affluent mugissant qui, sortant du barrage, se mêle violemment à l'eau verte du fleuve. Du haut des épaules de mon père, j'étais face au fleuve, j'en prenais la mesure avec émotion, car nul parapet, à cette hauteur, ne m'épargnait le vertige d'être suspendu au-dessus du courant.

Plus tard, cette fois j'étais adolescent, ce pont fragile où mon père m'a conduit, a cédé, une nuit,

144

sous la violence du courant qui avait rongé ses piliers, emportant avec lui deux automobilistes qui le traversaient en toute confiance. La chute de ce pont m'a bien ému, et je me souviens que mon père m'avait alors longuement commenté les nouvelles et les hypothèses des journaux. Par la suite, on a reconstruit un nouveau pont sans pilier aquatique et dont l'arc très large repose sur les deux rives de cette rivière contenue et qui, de plus, est accroché au flanc de la centrale hydro-électrique.

Je m'en vais seul vers ce nouveau pont ; mon père ne marche plus à mes côtés, et il ne me hissera pas sur ses épaules, au dernier moment, quand je serai fatigué. Je suis seul, et mon auto obéissante me conduira où je veux aller. Elle m'emportera dans sa chute et deviendra ma barque, car j'entreprends une longue traversée...

Qu'il était grand mon père quand j'étais monté sur ses épaules, et qu'il me paraissait beau, chaque soir, quand il revenait de la ville ! Après dîner, il revêtait sa veste blanche. Ce soir-là, quand nous avons dépassé les limites habituelles de nos promenades pour aller jusqu'à l'ancien pont, le soleil se couchait sur l'autre rive du fleuve et emplissait le ciel de son superbe déclin. Je ne me rappelle pas de soirée d'août aussi douce, ni de route plus belle que ce chemin boisé qui conduisait au pont où je marchais en tenant la main de mon père. Il devait avoir trente ans quand il m'a montré ce chemin sur lequel j'avance maintenant et ce pont parallèle au fleuve, qui, sans l'enjamber, passe quand même au-dessus de lui en réunissant les deux rives de son affluent. Était-il heureux lui, quand il me tenait par la main sans parler ? Parfois, il chantonnait en marchant et je me souviens par cœur de la chanson que j'aimais le plus et que j'aurais voulu chanter à mon fils pour l'endormir. « Filez, filez, ô mon navire... » Oui, filez, car la mort m'attend... Dans quelques minutes, j'apercevrai le pont. Le dessin du segment de route qui y conduit me revient clairement : la route est droite, sur une grande distance avant d'arriver au pont. D'ailleurs je saurai que je roule sur le pont, quand j'apercevrai, à ma droite, le garde-fou de ciment. Donc, je ne verrai pas le pont d'abord, mais, à gauche, la masse énorme de la centrale hydro-électrique de Beauharnois. Dès ce moment, je dois accélérer à fond, en prenant garde de ne donner aucun coup de volant, serrer à gauche si aucune auto ne vient en sens contraire, de façon à frapper le parapet à angle droit quand viendra le moment.

Je m'entends répéter à voix haute que ma vie est finie, et cela me fait drôle. Je ne ressens rien devant cette constatation absolue, sinon le goût de rire. Les mots eux-mêmes sont loin de moi, tout m'a fui. Aucune réalité ne s'impose à moi, sinon l'état de la route, la traction intermittente des roues arrière et la neige qui, pour mes yeux fatigués de voir, tourne à l'indigo. Je sais, de plus, qu'il est près de minuit ; je ne cesse pourtant pas de me redire cette phrase dérisoire : « tout est fini », qui ne veut rien dire, ne contient rien, et ressemble même à une mauvaise réplique de mélodrame. Nulle expression ne peut recouvrir adéquatement la mort du réel et la destruction de toute signification. Sinon, ma foi, les mots auraient plus de poids que la réalité supprimée, ce qui équivaudrait à une fâcheuse victoire de la parole sur la vie. Nul commentaire ne peut plus me définir à moi-même ; d'ailleurs je ne réclame plus de compréhension ni de logique. Je meurs.

Mon corps, seul point de vérification de mon identité, sera bientôt fracturé, en différents points de son ossature, par le choc de l'automobile contre le petit mur de ciment. Si, par hasard, il ne cesse d'exister à cet instant, il mourra sans doute quand la Chevrolet, après une chute de quatre-vingt-dix pieds et toujours sur son élan, fendra la surface de l'eau.

À la résurrection des morts, qu'on vienne chercher mes restes dans l'eau ! Mais, mon Dieu, si vraiment vous existez et qu'après ma mort je doive connaître une parousie éternelle, je vous supplie de me libérer de moi-même et que, dans cette vie seconde, je sois un autre ! Mais je divague, car le ciel n'existe pas ; il n'y a pas de communion des saints, ni quatre fleuves au paradis et Dieu n'existe pas indépendamment de ses vicaires ! Vingt siècles de christianisme prouvent que l'Église est solide, voilà tout. Ce ne sera pas la première fois dans l'histoire qu'un mythe traverse les siècles et enfante des temples plus durables que lui. Il faudrait établir, quelque part, dans un site bien choisi, un cimetière de dieux. On disposerait leurs tombes en rangées comme dans les cimetières de mortels, et ils auraient droit eux aussi à des stèles dorées ou à des statues de marbre. Dieu n'existe pas ; je le sais de tout mon corps et de toute mon âme. Les hommes l'ont créé à leur image et à leur ressemblance...

En ce moment, alors que je me trouve à une distance indéterminée du pont, Madeleine frappe trois coups à la chambre 919 de l'hôtel Laurentien. Elle attend, impatiente, que je vienne lui ouvrir et la prendre dans mes bras. En général, je lui ouvre toujours très vite, je ne la fais pas attendre. Croyant que je me suis endormi, elle frappe une seconde fois avec plus de fermeté. Le silence persistant l'inquiète. Elle frappe encore, en se disant que mon sommeil, qu'elle n'a jamais observé, est très profond. Après un long temps, elle revient sur ses pas dans le couloir sud du neuvième étage, troublée, coupable déjà avant de soupçonner la nature de sa faute, mais certaine qu'elle en a commis une à mon égard. Elle regarde sa montre, descend dans le hall désert du Laurentien, s'assoit dans une cabine publique, appelle l'hôtel Laurentien, où elle se trouve, et demande à parler à la chambre 919, car elle n'a jamais su que mes chiffres, jamais mon nom de voyage ! Mais madame, le 919 se trouve actuellement sur la route de Beauharnois, tout près d'un pont qu'il ne traversera jamais. Retournez chez vous, un lit vous y attend. Un lit chaud, accueillant, où, encore la nuit dernière, vous avez fait l'amour avec tant d'exubérance.

Adieu Madeleine, pardonne-moi de te laisser ainsi dans l'incertitude, mais surtout de t'avoir mal aimée, toi, la seule personne que j'ai vraiment aimée. Tu vois bien que je suis inapte à vivre !

Pendant que, songeuse, tu consommes des dix cents à m'appeler là où tu me crois enfui, moi je tiens mon volant à deux mains et je regarde droit devant moi, à l'affût d'un paysage ancien qu'il me presse de discerner, à travers la neige éblouissante, comme un avertissement. Je dois t'avouer, avant que le silence se substitue définitivement à nos cris, que je t'ai trompée,

Madeleine, au fond d'un appartement mal éclairé de la rue de la Montagne. Mais ce n'est pas tout... Après avoir fait le nécessaire pour consommer une trahison bienfaisante, j'ai couvert ma partenaire, pauvre Nathalie, de tous les opprobres. Puis, je l'ai frappée, oui, j'ai donné des coups de poing dans son ventre doré. Je me tenais, assis sur le rebord du lit, comme un juge, et elle, ayant cédé à ce qui lui semblait d'abord une caresse détournée, ne put résister à mon assaut soudain. Je la frappai sans passion, avec une certaine mécanique, sur son ventre infiniment creux. Et je recommençai ce geste jusqu'à ce que sa répétition me lassât moi-même. Nathalie pleurait très fort, de cette voix rauque que j'avais déjà aimée, mais qui ne me disait plus rien...

Pardonne-moi, Madeleine, d'avoir frappé cette femme dans son ventre ; Nathalie m'a pardonné, elle, je la connais. Pardonne-moi, car c'est toi que je voulais frapper, toi, dans ton corps de femme avide. J'ai été injuste, cette fois, ne m'en veux pas trop. Depuis que j'ai moi-même renoncé à continuer ma vie, j'éprouve une grande pitié pour Nathalie que j'ai abandonnée à sa surprise et à son destin étrange. J'ai aussi pitié de mon père qui, un jour d'hiver, a dû me prendre par le bras et me livrer à deux ambulanciers qu'il avait lui-même convoqués pour me chercher. Pauvre père, je ne l'ai pas aimé ; en ce moment, et pour quelques instants encore, je l'aime parce qu'il a été mon père et que tous les jours de sa vie, il s'est levé tôt le matin pour aller à son travail, sans jamais se révolter contre sa condition. Je l'aime parce qu'il m'a aimé, moi son fils, sans me le dire, en gardant son secret bien caché au fond de son cœur de façon à ce que je prenne vingt-neuf ans pour le découvrir. Un jour, mon père a quitté la maison, après une dispute avec ma mère. Par la fenêtre de ma chambre, je l'ai vu s'en aller seul sur le trottoir de la rue Christophe-Colomb, et je me suis réjoui de sa défaite qu'il ne pouvait masquer, même de dos, en s'éloignant tristement de sa propre maison. Il marchait comme un homme qu'on vient d'humilier et qui ne sait pas se défendre. Il n'est plus temps de courir sur le trottoir pour le rattraper et embrasser son visage en larmes, mais c'est ce que je voudrais faire maintenant, après quinze années d'incompréhension et de silence, l'embrasser une dernière fois, lui répéter que je l'aime... Je t'aime toi aussi Nathalie, mon pauvre cheval qui pleurais sous les coups que je lui donnais et qui ne réagissais pas plus qu'une bête ! Si je rencontrais un chien sur ma route, je m'arrêterais pour l'embrasser et le réchauffer dans mes bras ; pourtant, je n'ai jamais regardé les chiens qui m'ont frôlé dans les rues, je ne me suis jamais penché pour flatter une échine ou fraterniser avec ces frères incomplets. Quand je suis revenu de Québec, à tombeau ouvert, sous le soleil de mai, pour rejoindre Madeleine au Laurentien, j'ai frappé un chien, juste à la sortie du pont de Québec. J'ai freiné le plus possible pour l'éviter, puis, j'ai ressenti un choc mou au devant de l'auto. Quelques secondes plus tard, j'ai aperçu, dans le rétroviseur, un cadavre blanc en travers de la route ; et j'ai pressé l'accélérateur, pour que cette pauvre bête couchée s'éloigne derrière moi, jusqu'à ce que je n'aperçoive plus, au-dessus du pare-brise, que la lisière lisse et propre de la route. J'ai pitié de tout le monde et je comprends même, en cet instant de défaillance, ceux que la pitié conduit à vouloir racheter toute la douleur humaine possible ! Moi, au contraire, je la fuis, comme le reflet de ce chien mort couché sur ma route. Les chiens me font pleurer ce soir ; tout ce qui souffre est aimable...

Toi Madeleine, je te désire telle que tu étais le jour où j'ai tué un chien pour gagner quelques secondes de plus sur ton corps, et te posséder. Ma sœur, mon grand fleuve obscur, je m'apprête à passer ma première nuit entière dans tes bras. Oui, Madeleine, je roulerai dans ton lit comme un possédé, je me noierai dans ton ventre, car tu es pleine d'eau. Je mourrai en toi, comme mon fils innommable est mort, il y aura bientôt un an, dans le sang de Nathalie. Ô mon amie perdue à qui j'ai donné rendez-vous à minuit, me voici, je te reviens dans ma catharsis finale. J'arrive enfin, mon front mouillé par la neige de minuit, fatigué du voyage, mais ardent encore, impatient de te connaître. Je m'étends nu sur le lit et toi, ma mer, tu t'étends à mes pieds, tu coules éternellement. Je m'approche de ton grand corps blanc et me cramponne à lui de mes mains glissantes, et soudain, tu m'apparais enfin comme je t'ai vue déjà, mais je ne sais plus quel jour et dans quelle chambre, lumineuse et nue, vierge en majesté sous un ciel d'or. Madeleine, ô mon cercle sublime, j'entre en toi comme un vainqueur, je te connais, par une effusion sacrée qui m'engendre moi-même et te donne la mort. Je t'ai percée d'un seul coup d'estoc, et ton corps tout entier, ivre de cette blessure devenue mortelle, connaît son dernier délire, sous mon étreinte. Je te posséderai bientôt, Madeleine, toi mon grand poisson hiératique que je poursuis follement jusque dans la nuit du fleuve... Nulle effusion du corps ne vaut celle de l'eau, nul épanchement celui de cette veine mystérieuse qui me portera jusqu'au néant, comme le sang menstruel transporte dans son flot autant d'amants indéfinis. J'entends maintenant le vrombissement des grandes turbines de Beauharnois, dont le fracas incessant n'empêchait pas mon père de chanter sa chanson. C'était moi le mousse noir, grimpé sur le grand mât. Oui, filez, filez ô mon navire, car le temps presse désormais et je veux mourir ! J'ai peur, Madeleine, j'ai peur... À ma gauche, surgit une masse sombre, voilà, c'est le signal. Je n'ai plus le choix. J'accélère. Quarante, cinquante, soixante milles. Ce n'est pas encore assez vite, mais sur ce pavé glissant, je ne maîtrise pas la conduite. Aucune automobile ne vient à ma rencontre, donc je serre à gauche, je suis maintenant tout à fait dans la voie de gauche et je distingue nettement le parapet du pont, malgré la neige funéraire qui tombe présentement sur la maison de mon père et sur le fleuve tout près de moi. J'avance enfin seul sur le pont. Un coup de volant, et voilà que je dérape. Ceci est mon corps, ceci est mon sang.

FIN

—

Achevé d'imprimer
en juillet 1991 sur les presses
des Ateliers Graphiques Marc Veilleux Inc.
Cap-Saint-Ignace, Qué.